Classic Star

Anais C. Miller

Platzhalter für persönliche Widmungen

Classic Star

Anais C. Miller

„Man trifft sich immer zwei Mal im Leben..."

„Er war mein größter Traum..."

Impressum:

Text: Anais C. Miller

Herstellung und Verlag: BoD - Books on Demand, Norderstedt

Printed in Germany 2016

Bilder/Fotos Quelle: Pixaby, Anais C. Miller, Viviane Bastert

ISBN 978-3-7431-1628-3

Heute möchte ich Euch die Geschichte meines Pferdes „Classic Star" erzählen. Er ist mein bester Freund und ich liebe ihn sehr. Classic Star hat einen besonders harten Weg hinter sich. Der Tod war ihm sehr nahe, als ich ihn traf. Aber, wir haben es geschafft! Das Schlimmste ist vorüber und darüber bin ich sehr glücklich! Viele Menschen haben mich verständnislos gefragt, was ich mit dem alten Klepper will, der sei ja nichts mehr wert. Für mich ist er „Alles" wert! Mein Classic Star! Er bedeutet mein Leben!

Weil ich ihn liebe und weil er mich glücklich macht!

Ich wünsche Euch viel Spaß beim Lesen und bedanke mich bei all den Menschen, die uns auf unserem Weg liebevoll unterstützt und begleitet haben. Durch Spenden, liebe Worte und dadurch, dass sie unser Buch gekauft haben, denn der Erlös kommt dem Sorgenkind (Classic Star) zugute. Bitte bedenkt, ich bin lediglich eine Hobbyautorin mit Spaß an Manuskripten, die das Herz berühren! Bitte verzeiht mir meine Fehler!

Vielen Dank!

Liebe Leser,

vor Euch liegt die reale Geschichte eines Pferdes, die eigentlich recht grausam in ihrem Inhalt ist. Durch mehrere unglückliche Ereignisse ereilte den wundervollen Schimmelwallach „Classic Star" ein Schicksal, das beim Lesen bestimmt niemanden von Euch kalt lässt. Eines möchte ich Euch bitte ans Herz legen! Mit dem Buch, in dem ich unsere Geschichte öffentlich erzähle, möchte ich niemanden persönlich angreifen. Niemanden, der vielleicht für Dinge, die geschehen sind in Zusammenhang mit dem Pferd, verantwortlich sein könnte. Das Schicksal des Pferdes nahm einen Verlauf, den sich niemand für das Tier herbeigewünscht hat. Einige Menschen sind blind für Dinge im Leben, weil sie diese nicht mit ihrem Herzen sehen. Wir haben nicht das Recht, über sie zu urteilen, weil wir nicht in ihren Schuhen ihren Weg gegangen sind. Wir kennen weder die Abgründe ihres Verhaltens, noch ihre Ansichten. Das traurige Schicksal von Classic Star wurde nicht beabsichtigt herbeigeführt! Das Buch ist nicht aus Verurteilung heraus entstanden. Die Menschen, die bei Classic Star weggesehen haben, als das Pferd dringend Hilfe brauchte, verurteile ich nicht. Im Gegenteil. Ich vergebe ihnen. Sie wussten es nicht besser. Das Buch habe ich geschrieben, weil ich meinen Kummer, die Schmerzen und tiefe Verzweiflung, die ich auf dem Weg mit dem Schimmelwallach zusammen erlitten habe, einfach von der Seele schreiben musste. Um all das, was ich gesehen und erlebt habe, verarbeiten zu können. Natürlich dient dieses Buch auch der Erinnerung, dass wir „Wundervolles" vollbracht haben. Nämlich einem Tier, das dem Tode nahe war, neues

Leben zu schenken und mit ihm eine wunderbare Freundschaft einzugehen. Menschen teilhaben zu lassen an einer real erlebten Geschichte, die ich aus meinen tiefsten Gefühlen und Gedanken heraus erzähle, ist etwas Berührendes. Geteiltes Leid ist halbes Leid! Unser Weg ist noch nicht zu Ende. Das Pferd ist an meiner Seite.

Bitte verurteilt mich beim Lesen nicht für Dinge, Abläufe oder ähnliches, die ihr im Zusammenhang mit dem Pferd vielleicht anders gemacht hättet. Es gab Momente in unserer Geschichte, da blieb keine Zeit zum Nachdenken und manchmal nahm mir die Fassungslosigkeit jegliche Zuversicht.

-Danke-

Classic Star erinnert mich seit jeher an das Pferd "Nikolaus" von Aschenputtel. Den Film liebe ich, seit ich denken kann. Jedes Jahr freue ich mich auf Weihnachten. Heule vor dem Fernseher und bin ganz ergriffen. Auch wenn ich den Film schon gefühlte 200-mal gesehen habe. Natürlich nur das Original "3 Haselnüsse für Aschenbrödel" in der Besetzung mit „Libuse Safrankova". Seit ich denken kann, wünschte ich mir genau solch einen prachtvollen Schimmel. So gern hätte ich den Schimmelwallach "Classic Star" in seinen besseren Zeiten an meiner Seite gehabt. Als ich ihm das allererste Mal in meinem Leben begegnete, da war er ein stolzes und erfolgreiches Pferd, das alle Blicke auf sich zog. Bewundert habe ich ihn für seine Schönheit, seinen Stolz und damals war ich sehr traurig, dass er nicht "Mein Pferd" werden konnte.

Als ich Classic Star vier Jahre später wiedergesehen habe, das Schicksal hatte entschieden, dass wir uns ein zweites Mal im Leben treffen sollten, sah ich ein sterbendes Pferd vor mir, das seinen Lebenswillen bereits aufgegeben hatte. Sein Anblick zerriss mir das Herz. Was hatte man diesem wundervollen Pferd nur angetan? Was war passiert? Die Entscheidung, ihn mitzunehmen, ihn zu erlösen oder ihn dort zu lassen, wo er war, war eine sehr schwierige. Für einen Moment zögerte ich! Das gebe ich ehrlich zu. Unter Schock stand ich.

Für Classic Star:

Du ich glaub daran, dass wenn was schwerwiegt, einfach anzufangen. Auch wenn Tonnen Tränen entgegenkommen, kannst Du `s trotzdem wagen. Wenn Du ehrlich bist, da muss was raus, weil es Dich zerfrisst und Du damit voll beladen bist. Wer kann so viel tragen? Also fängst Du langsam an und lässt es raus.

Du fängst langsam damit an und bäumst Dich auf.

Du fängst langsam damit an und hörst nicht auf, Du fängst langsam an...

Und dann stehst Du auf, so dass es mir ganz kurz den Atem raubt!

Die erste Wahrheit kommt ganz langsam raus und nimmt ihren Lauf.

Du taust langsam auf....

Und dann fängst Du langsam an...

Du fängst langsam an und ich fang Dich...! Ich fang Dich auf!

Und Du wirst sehn, da vorne glänzt die Freiheit...

Und Du wirst sehn, auf Dich wartet nur Freiheit!

Für Immer und Hier, startet bei Dir...

Und Du fängst langsam damit an und hörst nicht mehr auf...

Wort für Wort löst es sich auf...

(-Frida Gold- Langsam)

Wie sehr freute ich mich über den Telefonanruf!

Endlich!

Auch wenn es eigentlich schon längst zu spät war, für mich und mein „Traumpferd". Die besten Jahre hatte der große Schimmelwallach „Classic Star" bereits hinter sich. Seine sportlich erfolgreichen "Glanzzeiten" ebenso. Seit ich Classic Star das erste Mal gesehen hatte, war ich verliebt in ihn. Er ist und bleibt mein absoluter "Prinz unter den Pferden". Mein "Nikolaus" unter den Schimmeln in der Pferdewelt. Einmal gesehen, für immer geliebt und unvergessen! Er ist einfach wunderschön...Damals stand das Schicksal allerdings unter keinem guten Stern für uns beide. Wir verloren uns zunächst wieder aus den Augen, leider. Unsere gemeinsame Zeit, die sollte erst noch kommen, allerdings in der Zukunft liegend, Jahre später. Das Leben geht manchmal verrückte Wege. Es ist, als habe Classic Star auf mich gewartet und ich auf ihn. Von damals bis heute. 4 Jahre lang. So könnte man es tatsächlich beschreiben. An anderer Stelle im Buch des Lebens, trafen wir beide uns noch einmal wieder. An einer sehr traurigen. Ich glaube an Bestimmung im Leben. Unser Lebensweg ist seit der Geburt an, bereits geschrieben und wir laufen ihn einfach in der Reihenfolge ab, wie wir es tun müssen, ohne zu wissen, was uns erwartet. Daran glaube ich. Hätte ich nicht gewusst, welch ein wundervolles Pferd Classic Star war und hätte ich ihn nicht bereits zu seinen besten, gesunden Zeiten kennengelernt, ich hätte ihn in seiner nahenden Todesstunde erlöst. Als ich Classic Star zum zweiten Mal in meinem Leben begegnete, traf ich ein sterbendes

Pferd, ein Häufchen Elend, das mit seinem Leben abgeschlossen hatte. Von dem einstigen Superstar war nichts übriggeblieben. Auf eine tote Seele traf ich, umhüllt von einem leeren, kraftlosen Körper, in dessen Inneren das Herz einfach nicht aufhörte, zu schlagen.

Hier beginnt unsere Geschichte...

Auf den Anruf musste ich tatsächlich 4 Jahre lang warten! Der Besitzer hatte entschieden, Classic Star zu verkaufen. Vor 3 Jahren hatten wir bereits über einen möglichen Verkauf des Pferdes diskutiert, aber aufgrund der Preisvorstellungen des Eigentümers keine Einigung finden können. Finanziell war ich nicht in der Lage, mir das Pferd zu leisten. Damals war das eine schmerzhafte Erfahrung für mich. Jeder kann sich vorstellen, wie es sich anfühlt, wenn man sich etwas von ganzem Herzen wünscht und genau weiß, dass es aussichtslos ist. In all den Jahren hatte ich den wundervollen Classic Star jedoch nicht vergessen. Oftmals träumte ich von einem Comeback meinerseits im Reitsport. Bedingt durch einen Unfall und mehrerer Erkrankungen war ich lange Zeit schon raus aus dem aktiven Springsport. Mit Classic Star noch einmal durchzustarten, das wäre (m)ein Traum gewesen! Unerreichbar, der schöne Traum und dabei sollte es für mich wohl bleiben. Dennoch war Classic Star unheimlich tief in meinem Herzen verankert. Eine Erklärung, warum ich mich mit dem Pferd stark verbunden fühlte, von Anfang an, all die Jahre, gibt es für mich bis heute nicht. Seelenverwandtschaft vielleicht? Schicksal? Wahrscheinlich guckte ich immer nur zu viele Aschenputtel -Filme an Weihnachten! Nach 4 Jahren dann der plötzliche Anruf des Besitzers.

Aus heiterem Himmel. Es traf mich unverhofft und völlig unerwartet. Ob ich noch Interesse an Classic Star hätte? Natürlich war ich zuerst einmal überrascht, damit hatte ich nicht mehr gerechnet. Nach anfänglicher Sprachlosigkeit wurde meine Freude jedoch unheimlich groß. Unbeschreiblich, welche Gedanken mir nach dem Anruf durch den Kopf gingen. Plötzlich hatte ich Schmetterlinge im Bauch. Classic Star und ich sollten doch noch ein Team werden? Welch ein herrlicher Gedanke! Freude pur, Emotionen, Erinnerungen und einfach wahrhaftiges Glück, fühlte ich bei den Gedanken an Classic Star. Das Pferd bedeutete Glück der größeren Art für mich. Der Gedanke an seine sanften Augen und das schneeweißes Fell ließen mich dahin schmelzen. Der große Schimmel war weiß wie der schönste Pulverschnee aus einem Wintermärchen. Erhaben waren seine Gangarten und federleicht. Sein Stolz war unübersehbar! Seine Kraft, mit der er die Hindernisse bewältigte, zum Niederknien. Verglichen mit einem Auto ähnelte er einem Mustang, Porsche oder einem Lamborghini. Das Beste einfach, das man hätte bekommen können. Ein Leistungspferd pur. Eine Power-Maschine über den Hindernissen. Über 150 cm hohe Sprünge lachte das Pferd im Parcours.

Ein Wahnsinnspferd...

Classic Star war zum Zeitpunkt des Anrufs mittlerweile 19 Jahre alt. Ein stattliches Alter für ein Pferd. Natürlich machte ich mir Gedanken über das Alter und es gab gerechtfertigte Bedenken meinerseits. Jahrelang der harte Sport, die extreme Belastung seiner Gelenke beim Springen. All das hatte sicherlich Spuren hinterlassen. Natürlich war Classic Star körperlich verbraucht. Der Besitzer versicherte mir jedoch, das Pferd sei fit wie eh und je, ich könnte bestimmt noch ein paar Jahre Spaß mit ihm haben. Meine Zweifel über den gesundheitlichen Zustand Classic Stars waren bei den wundervollen Gedanken, die ich mit dem Schimmel in Verbindung brachte, wie weggeblasen. Dieselbe Wirkung müssen Drogen haben.

Alles Negative, das eventuell existiert in einer Herzensangelegenheit, wird ausgeblendet und man ist einfach nur unendlich happy. Die rosarote Brille lässt grüßen. Mein Traum, Classic Star eines Tages besitzen zu dürfen, war immer größer gewesen, als das ich hätte jetzt NEIN sagen können. Classic Star und ich, wir gehörten zusammen! Warum auch immer. Keine Ahnung, weshalb ich das Bedürfnis, mit dem Schimmel zusammen sein zu können, in meinem Herzen herumschleppte, über mehr als 4 Jahre lang...! Unfassbar und unglaublich. Vielleicht hatte ich ein Rad ab? Verliebt in ein Pferd war ich! Ging das überhaupt? Gibt es das? Ja, bei mir sicher! Es war jedenfalls höhere Gewalt mit dem Schimmel. Von Anfang an war es das. Menschen haben Träume und Wünsche. In die Kategorie „Träumer" passe auch ich besonders gut hinein. Wenn ich mir etwas in den Kopf gesetzt habe, dann will ich das! Unbedingt! Böse Falle! Für Classic Star wäre ich bis ans Ende der Welt gelaufen! Manchmal erfüllt sich tatsächlich der ein oder andere Traum in unserem Leben. Auch wenn es bei mir und dem Pferd 4 Jahre gedauert hat. Ein Jahr Pause durfte Classic Star bereits vom ehemals anstrengenden Turniersport genießen. Dieses und andere Details über Classic Star und den eigentlichen Eigentümer, der seinen Sitz im Ausland hatte, erfuhr ich im Telefonat mit dem ehemaligen Reiter. Wir waren gut befreundet über die Jahre hinweg schon. Classic Star lebte mittlerweile auf einem sogenannten Gnadenhof. Gar nicht weit von meinem Wohnsitz entfernt. Ein Katzensprung nur. Der Eigentümer hatte das Pferd dem Reiter in Deutschland überlassen. Dieser sollte sich wiederum um einen schönen und wohlverdienten Lebensabend des Pferdes kümmern.

Auf dem Gnadenhof sollte Classic Star seine Rente auf grünen Weiden genießen. Gesagt getan. Vom Springparcours ab, direkt aufs Altenteil im Sonnenschein. Hinaus auf immergrüne Weiden und in „fremde" Hände mit Garantie seiner besten Altersversorgung. Damit es Classic Star an nichts fehlte, sollte ein monatlicher Betrag gezahlt werden. Dieser war nicht unerheblich! Guter Plan. Eigentlich! In Gesellschaft mit anderen Pferden, die ebenfalls im Sport ausgedient hatten, genoss Classic Star seit einem Jahr die Rente auf dem Gnadenhof, hieß es. Den lieben Tag lang konnte er auf grünen, endlosen Weiden „chillen". Erholung von dem anstrengenden Sport durfte er ausleben, als Dankeschön seiner zahlreichen Leistungen, die er erbracht hatte. So sah also sein neues Leben aus. Wie schön, dachte ich. Nichts ist wertvoller, als die Gewissheit, das Beste für sein geliebtes Tier ermöglicht zu haben. „Der ist so gut erholt", der wird sich freuen, wenn er wieder ein wenig mehr arbeiten darf!" scherzte der Reiter am Telefon und mit dem Argument hatte er mich natürlich überzeugt. Dem Eigentümer fehlten im Moment die finanziellen Mittel, die Rente für Classic Star weiterhin zu finanzieren. Die monatlichen Kosten zur Versorgung des Pferdes auf dem Gnadenhof waren nicht unerheblich. Deshalb hatte mich der ehemalige Reiter von Classic Star angerufen und gefragt, ob ich das Pferd übernehmen wollte. Aufgrund der finanziellen Schwierigkeiten des Eigentümers, musste für das Pferd eine Lösung herbei. Die monatlichen Kosten sollten eingespart und das Pferd verkauft oder an jemanden übergeben werden, der es weiterhin gut versorgen konnte. Natürlich nur in allerbeste Hände. Dem Pferd durfte es an nichts fehlen, so lautete die oberste

Bedingung. Verständlich. Classic Star war von seinem Besitzer, dem Reiter und seinen Pflegern unheimlich geliebt worden all die Jahre lang. Daran hegte ich niemals Zweifel. Nur das Beste war gut genug für den Schimmel. Natürlich sollte der Wunderschimmel auch bei mir das Beste bekommen, das ich ihm hätte geben können! Der Preis für Classic Star war schnell ausgehandelt und für mich dieses Mal erschwinglich. Ein Freundschaftspreis. Nicht geschenkt, aber günstig. Mein Gott, wie sehr freute ich mich. Besser spät als nie, dachte ich tief in meinem Herzen. Mit dem Hofbesitzer des Gnadenhofes hatten wir ausgemacht, dass ich Classic Star direkt in den nächsten Tagen abholen wollte. Mir konnte es nicht schnell genug gehen. Etwas verwundert war ich anfänglich über die Frage des Hofbesitzers, was ich mit dem Pferd noch vorhatte. Seinen beiläufigen Kommentar, dass das Pferd nicht mehr reitbar wäre, konnte ich nicht wirklich einordnen. Warum sollte ein 19 jähriges Pferd, das gute Pflege bekommen hatte in den letzten Monaten und gesundheitlich soweit noch fit war, nicht mehr reitbar sein? Ich kenne Pferde, die sind mit 20 Jahren noch erfolgreich im Sport unterwegs. Eine gute Freundin von mir war eingeweiht in die Mission, mein Traumpferd vom Gnadenhof abzuholen! Es gab gerade nichts Besseres im Leben, als Freude zu teilen! Aus tiefstem Herzen war sie begeistert. „So lange hast du tatsächlich auf Classic Star gewartet?" fragte sie ungläubig. Wieder und wieder musste ich die unglaubliche Geschichte erzählen. Warum das mit Classic Star und mir nicht schon viel früher geklappt hatte. „Aber siehst du", was zusammengehört, das kommt zusammen! Auch wenn es manchmal etwas länger dauert! Du bist für Classic Star bestimmt!"

Meine Freundin war unheimlich gespannt auf Classic Star. Vorgeschwärmt in den höchsten Tönen hatte ich ihr von meinem Wunderpferd. Wie hübsch er war, wie gut er springen konnte und wie sehr ich mich freute, dass der große Tag unseres Wiedersehens unmittelbar bevorstand. Das Beste an der Sache bedeutete für mich der Umstand, dass ich Classic Star bald mein Eigen nennen durfte. Wie ein kleines Kind freute ich mich. Weihnachten, Geburtstag, Gehaltserhöhung, Urlaub, ach alles fiel plötzlich zusammen auf nur einen einzigartig wundervollen Tag in meinem Leben. Der Tag, an dem ich Classic Star gegenüberstehen durfte, rückte näher. Mit dem Wissen, dass wir beide auf immer und ewig zusammenbleiben durften, war ich überglücklich. Träume, die sich erfüllen, du kannst im Leben nichts Besseres bekommen! Die Ankunft auf dem Hof ließ mein Herz höher schlagen. Eine wunderschöne Anlage, ein gepflegtes Wohnhaus, mit großzügigen Stallungen, grüne Weiden mit einem weißen Holzzaun eingezäunt, alles vom Feinsten, eine Augenweide! „Hier hat Classic Star aber ein First Class Zuhause gehabt!" sagte ich anerkennend. Für einen kleinen Moment dachte ich, dass ich dem Pferd solche Gegebenheiten bei mir zuhause gar nicht bieten konnte. So luxuriös ist es bei mir daheim leider nicht. Der Gedanke, dass ich Classic Star meine ganze Liebe geben konnte und wollte, beruhigte mich innerlich. Solange ich in meinem Leben mit Pferden zu tun gehabt habe oder mit Tieren generell, denke ich, dass es ihnen egal ist, ob sie First Class wohnen oder 2. Klasse. Hauptsache sie bekommen Liebe, Respekt und Anerkennung. Artgerecht sind meine Stallungen daheim alle Male, dafür brauchte ich mich noch nicht zu schämen. Aber sie sind eben nicht so prunkvoll wie der

Hof, auf dem wir Classic Star abholten. „Wir haben gar keine Decke und keine Transportgamaschen mit!" sagte meine Freundin nachdenklich. Auch sie hatte begriffen, in welch professionellen Gegebenheiten wir uns befanden. Ich glaube, es war ihr sogar peinlich, das zu erwähnen. Der Stallbetreiber nahm unsere Sorge nicht zu Notiz. Einige Wochen später sagte meine Freundin unter Bezugnahme auf die Situation, unter der wir beide auf dem Anwesen eingetroffen waren, dass sie dachte, dass man das Pferd bestimmt geschoren und blitzeblank saubergewaschen in einer der Stallboxen zum Transport abholbereit untergebracht hatte. Alles sprach in dem Moment unserer Ankunft dafür, dass die Pferde auf dem Hof eine vorbildliche Altersrente erfahren durften. Mit allem drum und dran. Einfach Luxus pur. Der Wahnsinn. Hier hätte auch ich meine Pferde zur Rente hingebracht! Die Pferde auf den Weiden rund um das Anwesen waren alle gut genährt und in einwandfreiem Zustand. Wie teuer der Aufenthalt auf dem Hof monatlich für die Rentnerpferde war, wusste ich durch das Telefonat mit dem Reiter von Classic Star. Teuer genug. Ob wohl jedes Pferd einen eigenen Pfleger hatte, der sich um das Tier kümmerte? Immerhin mussten die Pferde gestriegelt und die Hufe eingefettet werden! Auf dem Hof standen mindestens 20 Pferde, eine Person alleine konnte das arbeitstechnisch gar nicht bewältigen. Der Hofbesitzer agierte nicht sonderlich freundlich mit uns. Er musterte uns von oben bis unten. Sein Blick war skeptisch. Sehr. „Wir müssen noch ein gutes Stück Richtung Wald fahren, hinaus zu den Weiden!" sagte er barsch und stieg mit einer Handbewegung, die heißen sollte, dass wir ihm mit unserem Auto folgen sollten, in seinen Jeep. Erstaunt war ich.

„Wie, das Pferd steht nicht hier?" flüsterte meine Freundin beim Einsteigen ins Auto. Schulterzuckend setzte ich mich verblüfft hinters Steuer. Gut, wir fuhren dem Typen hinterher. Entlang durch finstersten Wald, in eine völlig abgelegene Gegend. Weit abseits jeglicher Zivilisation fuhren wir quer durch die Felder, Wälder und entlang verlassener Weiden. „Ich würde den Weg zu der Straße nie wieder zurückfinden!" sagte meine Freundin ängstlich. Ich war sicher, in der Waldgegend wäre nicht einmal ein Spaziergänger unterwegs gewesen, so weit abgelegen waren mittlerweile die Pferdekoppeln, zu denen wir fuhren. Der Himmel hatte sich an dem Tag plötzlich dunkel zugezogen, die Atmosphäre war bedrückend und irgendwie beklemmend. Nach gefühlten 10 Kilometern hatten wir das Ziel erreicht. 5 Pferde standen auf einer verwaisten Weide. Einsam im Nirgendwo. Als sie die Autos sahen, kamen sie direkt zum Zaun getrabt. Neugierig ihre Blick, sie schienen in Erwartungshaltung. Einige Meter trennten uns nur zu dem Tor ihrer Weide. Welche Art von Erwartung die armen Kreaturen hatten, denen wir begegneten, das weiß ich heute. An dem Tag konnte ich nicht sofort erkennen, welches Grauen auf uns wartete. Niemals hätte ich auch nur annähernd geahnt, welches Szenario sich abspielen würde. Direkt vor unseren Augen. Hätte ich es gewusst, ich wäre niemals zu dem Hof gefahren. Die Pferde warteten, dass man sie endlich abholte. Dass wir sie aus dem Horror, indem sie ihr Dasein fristen mussten, befreiten. Wie tief saßen ihre Hoffnungen, als ein Auto vorfuhr? Wie schlimm musste ihre Enttäuschung in dem Moment sein, wenn das Auto wieder verschwand und sie alleine zurückblieben? Wie sehnsüchtig hofften sie auf Erlösung ihres Aufenthaltes im Niemandsland?

Irgendwo im Nirgendwo. Seit Wochen bestimmt. Seit Monaten oder vielleicht seit Jahren. Heute bin ich sicher, seit Jahren bestimmt nicht, das hätte ein Pferd in den Verhältnissen dort gar nicht überlebt. Wie zügig die Pferde an den Zaun heran trabten, als wir uns dem Weidetor näherten. Die Pferde schienen sich richtig zu freuen über unseren Besuch, dachte ich. Von dem Verhalten meiner eigenen Pferde weiß ich, dass sie wissen, wenn ich hinter dem Auto einen Pferdeanhänger habe, dass es bedeutet, dass sie verladen werden. Entweder fahren wir zu einem Turnier, zum Tierarzt, zum Reitunterricht oder bestenfalls in den Urlaub. Die Pferde verknüpfen jedenfalls, ein Pferdeanhänger bedeutet Bewegung! Irgendetwas passiert und wird mit ihnen passieren. Auf den ersten Blick konnte ich nicht sofort erkennen, in welch schrecklichem Zustand die Pferde waren. Mit dem Desaster, das sich mir offenbarte, hatte ich auch überhaupt nicht gerechnet. Wirklich nicht. Nach dem optischen Luxus der Anlage direkt am Haus des Gnadenhofes konnte man sicherlich einige Kilometer entfernt keine Tierquälerei vermuten. Die Pferde waren klapperdünn. Ihre Körper schienen regelrecht ausgemergelt und ausgezehrt. Solch verhungerte Pferde nannte ich gedanklich „Äthiopier". Rippige und knochige Gestalten der übelsten Art, erwarteten uns hinter dem Weidetor. Zombiepferde! Solch armen Kreaturen war ich zuvor in meinem Leben nicht begegnet. Viele Pferde habe ich gesehen in meinem Leben. Dünne Pferde, kranke Pferde, alte Pferde und Pferde in schlechtem Zustand. Die Pferde, die ich an dem Tag auf der Weide sah, auf der ich Classic Star abholen wollte, übertrafen alles je Dagewesene an meinen zuvor gesehenen Grausamkeiten.

Beim Näherkommen der Pferde erschrak ich innerlich zutiefst. Sprachlos war ich. Entsetzt. Auf der Weide befand sich sicherlich nicht mein Classic Star. Wir waren am falschen Ort, auf dem verkehrten Hof und gleich würden wir zusätzlich ein falsches Pferd untergejubelt bekommen. Der Hofbetreiber, der uns zu den Weiden geführt hatte, bemerkte natürlich schnell, dass wir die Situation vor Ort genau erkannt hatten und er versuchte sich zu rechtfertigen. „Die Pferde sind alle schon sehr alt!" Der Schimmel ist der Jüngste, deshalb sehen die auch alle so aus!" Was genau er mit der Aussage, „deshalb sehen die auch alle so aus", uns mitteilen wollte, weiß ich nicht. In dem Moment wusste ich nur eines, kein Pferd, auch kein altes, musste so erbärmlich aussehen wie die armseligen Gestalten auf seiner Koppel! Die Pferde auf der abgefressenen Koppel waren regelrecht verhungert. Keine Futterraufe stand ihnen zur Verfügung, an der man ihnen zusätzlich hätte Heu reichen können. Die Pferde hatten keinen Unterstand, unter dem sie Schutz vor Wind, Regen, Sonne und lästigen Fliegen hätten aufsuchen können. Die Pferde waren ihrem Schicksal völlig wehr- und hilflos ausgeliefert. Wer von den Tieren nicht stark genug in seiner Gesundheit war, musste verrecken. Krepieren. Sterben. So einfach war das. Hilfe gab es für die Pferde keine mehr. Endstation war das auf der Koppel. Ganz klar. Von wegen Rente auf grünen Weiden im Sonnenschein. Warten auf den Tod, traf es eher! Meine Vermutung, dass die letzte Zeit niemand mehr nach den Pferden gesehen hatte, sollte sich bald bestätigen. „Hier kommt nur noch der letzte Wagen für die Viecher her", durchbrach der widerliche Typ die traurige Stimmung. „Woanders geht von hier kein Pferd mehr von der

Koppel, als an den Schlachthaken!" Das wäre in Ordnung gewesen, dass die Pferde von ihrem Rentenabteil irgendwann ihren letzten Weg gingen, aber wie sollten sie unter derartigen Bedingungen überleben? Wie sollte ein Pferd unter solch armseligen Gegebenheiten alt werden? Die Pferde gingen viel zu früh ins Jenseits, weil sie den Extrembelastungen, denen sie auf der Weide ausgesetzt waren, nicht standhalten konnten. Kein Unterstand, kein Futter außer dem wenigen Gras auf der Koppel und selbst das war längst abgefressen. Die Weide war blank. Meine Menschenkenntnis ist gut. Wer vor mir stand, wusste ich in dem Moment. Ein herzloser Menschen, den nichts interessierte außer „Geld"! Ein egoistisches Schwein. Drecksschwein. Sorry, aber der Ausdruck ist noch zu nett formuliert. Heute ärgere ich mich, dass ich dem Menschen meine Meinung nichts ins Gesicht gesagt habe. Kurz und ehrlich, direkt mitten in die Fresse rein, diesem…! Leider konnte ich gar nichts mehr sagen, mir hatte es völlig die Sprache verschlagen. Traurig war das mit den Pferden. Unendlich traurig. Auf dem Gnadenhof lebten Pferde, die ihr Leben lang für ihre Reiter um Medaillen, Geld, Autos, Ruhm und Anerkennung gekämpft hatten und warteten nunmehr abgeschoben in ihren letzten Tagen auf den sicheren Tod. Einen Kampf ums Überleben führten sie auf dem Weg dorthin. Welch ein grausames Schicksal?! Ein Sportpferd, das extra dafür gezüchtet wurde, dass es Hochleistungssportler wird, das kannst du nicht im Alter einfach auf die Weide „schmeißen" und sich selbst überlassen. Es wird sterben. Das ist wie mit einem Wolf, der zivilisiert, von Menschen aufgezogen und von ihnen abhängig ist. Den kannst du Jahre später auch nicht einfach wieder auswildern.

So sehr musste ich mir die Tränen zurückhalten, als mir bewusst wurde, welches Bild des Grauens sich mir bot. Das nackte Grauen auf der Koppel des Todes. Banal, dass die Besitzer der Pferde dachten, ihre Lieblinge seien bestens versorgt und gut untergebracht. Gutgläubig, sie hätten ein schönes Rentnerdasein nach den Sportjahren auf den grünen Weiden in Pferdegesellschaft verbringen dürfen. Erholung ausleben, ein pferdegerechtes Leben führen nach dem Turnierstress. Ein Dankeschön an ihre vierbeinigen Partner sollte es werden, das war der Plan ihrer Reiter und Besitzer. Jedoch sicherlich nicht, dass die Pferde auf direktem Wege in der Hölle landeten. Da weißt du nicht, ob du Lachen oder Weinen sollst. Wirklich nicht. Mein Gott, war denn niemand mehr hergekommen und hatte nach seinen einstigen Lieblingen gesehen? Wenn es so gewesen wäre, dann hätte uns nicht solch ein trostloses Bild empfangen. Das durfte alles gar nicht wahr sein. Ein plötzlicher Albtraum, in dem ich mich als Hauptdarsteller wiederfand. An direkter Position neben Classic Star und all den anderen Pferden. Wie grausam. Den Besitzern der Pferde kann man vielleicht keinen Vorwurf machen. Immerhin konnten sie für den monatlichen Preis, den sie für den Unterhalt ihrer Pferde zahlten, erwarten, dass die Tiere eine bedarfsgerechte Versorgung erfuhren. Welch ein Irrtum. Ein Horror. Für die Pferde war die Unterkunft dort auf der Weide jedenfalls ein Zustand, der nicht annähernd akzeptabel war. Die Besitzer konnten das natürlich nicht wissen, wenn sie nicht mehr nach dem Rechten bei ihren Pferden sahen. Hätten sie ihre Lieblinge tatsächlich regelmäßig besucht, hätten sie die Zustände bemerken müssen. Es wäre aufgefallen. Heute denke ich, wahrscheinlich wäre es nicht einmal von ihnen so empfunden worden.

Die Pferde waren immerhin alt und ausrangiert. Natürlich verlieren sie Muskulatur und altern schnell. Schneller, als wenn sie weiterhin hätten Leistung bringen müssen! Setzen wir unseren Opa, der jahrelang geschuftet hat, plötzlich auf die Bank in den Garten und verbieten ihm jeglichen Umgang mit seinem Werkzeug. Auch er wird ruck zuck altern, wenn nicht gleich sterben. So ist das im Leben. Die alten Menschen leben tatsächlich nicht mehr lange, wenn man ihnen ihre Aufgabe nimmt. Stellen wir uns die Frage, Mensch, eigentlich war Opa doch immer gesund, warum ist er denn plötzlich, als er seine verdiente Rente bekam, gestorben? Die Antwort liegt nahe, oder? Weil er keine Aufgabe mehr hatte. Sich niemand mehr um ihn kümmerte und er keine Verantwortung mehr in seinem Leben tragen durfte. Wir haben dem Opa all das, was er brauchte, um am Leben zu bleiben, genommen. Ohne böse Absicht natürlich. Wir wollten ihn ja nur entlasten und dabei nahmen wir ihm unbewusst den Sinn seines Lebens. Nämlich, dass auch er auf seine alten Tage noch zu etwas Nutze war. Nichts ist schlimmer als wenn sich Menschen nutzlos, ungeliebt und ungebraucht fühlen. Ich bin mir sicher nach 30 Jahren Pferdeerfahrung, dass es bei Pferden und Tieren generell genauso und nichts anderes ist. Dazu muss ich gar keinen direkten Kontakt zu Tieren haben. Jeder Mensch mit Herz und Verstand kann das nachempfinden. Jedenfalls, den Sportpferden auf der Rentnerkoppel ergeht es ähnlich dem Opa. Sie werden krank und altern schnell, sie verlieren die Lust am Leben. Pferdehalter sollten einkalkulieren, wenn sie ihre Sportgefährten ausrangieren, dass sie ihnen damit eigentlich keinen Gefallen tun. Mit dem einen oder anderen Pferd klappt das vielleicht, dass es mit dem ihm plötzlich völlig anderen Lebensumständen klarkommt. Selten habe ich jedoch gehört, dass ein wertvolles, erfolgreiches Sportpferd, welches im hohen Alter noch den Stall und Standort wechseln musste, viele Jahre danach gelebt hätte. Die starben meist alle schnell und plötzlich an Kolik oder sie verloren zügig Muskulatur und Fleisch. Damit wurden sie besonders anfällig für Krankheiten wie Lungenentzündung, Infekte jeglicher Art und Lahmheiten. Ein altes Pferd muss keinesfalls verhungert aussehen oder schnell altern. Wenn sie ordentlich gefüttert und sinnvoll beschäftigt werden, können sie durchaus noch ein langes Dasein auf Erden bei guter Gesundheit verbringen. Als ich Classic Star entdeckte, er stand abseits von den anderen Pferden, fand ich bei seinem Anblick keine klaren Gedanken mehr. An Worte, um noch irgendetwas zu sagen, war schon gar nicht mehr zu denken. Bei den anderen Pferden hatte es mir bereits die Sprache verschlagen, aber Classic Star hatte es ganz übel erwischt. Entsetzt sah ich zu meiner Freundin. Sie schüttelte wortlos und ungläubig den Kopf. Wahrscheinlich sollte es heißen, dass es keine Rettung mehr gab und ich den Traum von meinem Traumpferd begraben sollte. Mein Kopf war leer. So als hätte man mir mit der Zaunlatte eins übergezogen. Bämm! Ich erlitt einen Schock. Da stand es! Mein Traumpferd, Classic Star! Zum Anfassen nahe. Nur noch wenige Meter war er von mir entfernt. Mein wunderbarer Classic Star! Mich schüttelte es innerlich. Ein Stich fuhr mir mitten ins Herz. Es tat unheimlich weh. So sehr, als hätte man mir eine besonders scharfe Klinge hineingestoßen. Classic Star, da war er! Mein heißgeliebter Schimmel. Dieses Prachtpferd. Ein wundervolles Tier, stolz und kräftig, so hatte ich ihn in Erinnerung.

Tränen schossen in meine Augen bei seinem Anblick. Klapperdürr, hängender Kopf, er bewegte sich nicht von der Stelle. Classic Star kam nicht näher. Das Pferd war wie versteinert. Keine Regung sah ich in dem Tier, keine Bewegung, er war bereits seelisch tot. Selbst auf ein leises Schnalzen hin hob Classic Star nicht einmal seinen Kopf. Er kam auch nicht mit den anderen Pferden zusammen zum Tor gelaufen. Entweder konnte er vor Schwäche gar nicht mehr laufen oder er hatte bereits mit allem um sich herum abgeschlossen. Ich vermutete beides. Meine Freundin und ich blickten uns entsetzt an. Niemand wusste etwas zu sagen. Die traurige Stille durchbrach letztendlich der Typ, der uns hergebracht hatte mit seinen kalten und herzlosen Worten: „Ich habe dem Besitzer schon gesagt, dass es nur noch einen Weg für dieses Pferd gibt! Nämlich den letzten! Ab zum Schlachter!" In dem Moment erinnerte ich mich an seine Frage am Telefon, was wir denn mit dem Pferd überhaupt noch machen wollten, es sei doch sowieso nicht mehr reitbar. Ja, er hatte recht gehabt. Obwohl, nein, er hatte sogar regelrecht untertrieben. Classic Star war gar nicht mehr lebensfähig. Der Typ hätte mir am Telefon eigentlich sagen müssen, dass Classic Star bald sterben würde. In den nächsten Tagen schon und ich mich beeilen musste, wenn ich ihn ein letztes Mal sehen wollte. Wenn der Mensch ehrlich gewesen wäre, hätte er das genau "so" sagen müssen. Ja! Classic Star war eindeutig fertig mit sich und der Welt. Meiner Meinung nach war bei ihm nichts mehr zu retten. Bei aller Tierliebe. Ich kam zu spät. Einfach zum falschen Zeitpunkt am verkehrten Ort. „Wir haben ihm die Fliegenmaske aufgesetzt, damit die Fliegen nicht auch noch an sein gesundes Auge gehen, auf dem anderen

Auge ist er bereits blind! Er muss sich verletzt haben, eines Tages stand er einfach so auf der Weide!" Der Typ redete meiner Meinung nach lauter wirres Zeugs oder ich hörte gar nicht mehr richtig hin, ich weiß es nicht mehr. Zu dem körperlich schlechten Zustand des Pferdes, der schlimm genug war, kam noch hinzu, dass Classic Star ein Auge verloren hatte. Ein 19 Jahre altes Pferd. Jahrelang war es im Hochleistungssport unterwegs und nie krank. Kommt auf sein Rentenabteil und verliert ein Auge! Was für eine abartige Geschichte? Das passte für mich alles nicht zusammen. Viel zu tragisch der Albtraum, in dem ich steckte. Herrgott noch einmal. In welch einem schlechten Film war ich eigentlich gelandet? Ich wollte doch nur mein Traumpferd abholen. Meinen stolzen Schimmel, den mit dem Siegerblick im Auge. Das Pferd, dem der Schelm im Nacken saß, meinen fröhlich frechen Schimmel, den, der die besten Springpferde der Welt besiegt hatte. Wo war der bitteschön? Sicherlich nicht auf der Weide des Horrors zwischen all den seelisch und körperlich toten Pferden! Augenmaske hin oder her. Was kam noch? Vielleicht fehlte Classic Star ein Bein oder er hatte keine Zähne mehr? Ein abgerissenes Ohr vielleicht? Die Pferde waren total verhungert, reichte das nicht? Eine Augenmaske, die hatte ich auf dem Kopf des Schimmels gesehen. Dass sich unter ihr aber noch ein völlig kaputtes, ausgelaufenes Auge befinden sollte, davon wusste ich nichts bis zu dem Zeitpunkt. Der Reiter von Classic Star hatte mir erzählt, dass man ihn von dem Gnadenhof aus benachrichtigt hätte, dass Classic Star sich verletzt hatte und auf dem linken Auge blind war. Wir dachten wahrscheinlich alle an eine Trübung im Auge. Eine Augenverletzung, die konnte passieren, natürlich.

Für mich stellte das nicht unbedingt ein Problem dar. Die Blindheit auf einem Auge sollte kein Hindernis sein, um das Pferd bei mir aufzunehmen. Auch meine Tierliebe hätte das nicht geschmälert. Warum hätte mich das hindern sollen, Classic Star nicht mehr zu mögen oder ihn nicht mehr zu akzeptieren? Es war ok für mich. Dass Classic Star allerdings sein linkes Auge komplett fehlte, davon hatte mir niemand etwas gesagt. Meine Sprache und ich fanden an dem Tag nicht mehr zueinander. Die Dramatik der Gegebenheiten hatte mich komplett überrannt. So viel Tragisches, Abartiges, Widerliches und Trauriges auf einen Haufen zusammen, das hatte ich die letzten Jahre nicht mehr erlebt. Wenigstens hatte man Classic Star eine Augenmaske übergezogen. Sehr fürsorglich, dass man Sorge getragen hatte, das gesunde Augen vor den Fliegen zu schützen. Damit der arme Kerl nicht irgendwann völlig blind durch die Gegend laufen musste. „Oh Gott, bitte hilf mir!" Ein Stoßgebet schickte ich zum Himmel. Meine Freundin, die sich Classic Star mittlerweile bis auf Schulterhöhe genähert hatte, während ich immer noch wie ohnmächtig am Tor stand, traute sich, einen kurzen Blick unter seine Maske zu werfen. Nach seinem Auge wollte sie sehen. Elena zog die Augenmaske vorsichtig einen Spalt nach oben. Im selben Moment hielt sie sich die Hand vor den Mund. Es war, als ob sie würgen musste.

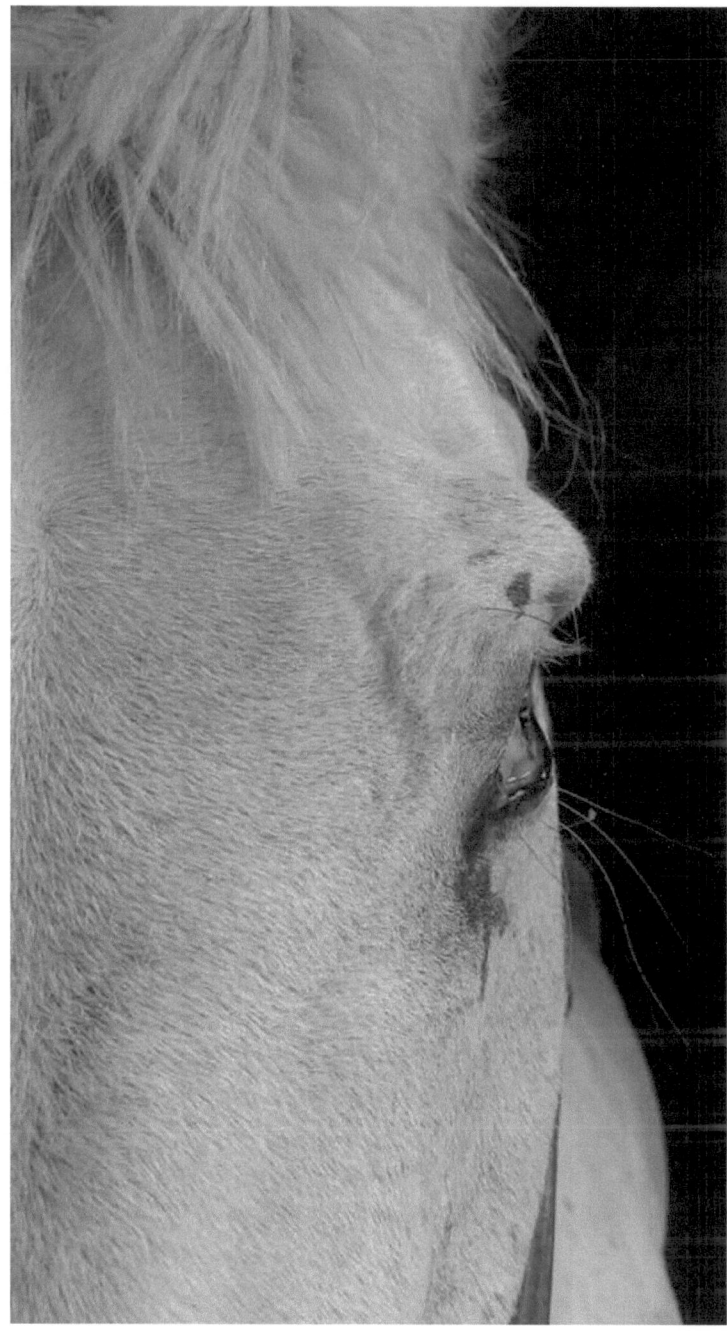

„Das willst du nicht wirklich sehen!" sagte sie fassungslos zu mir. Für einen kurzen Moment überlegte ich, mich ins Auto zu setzen und wieder zu fahren. Classic Star dort zu lassen, wo er war. Liebe hin, Liebe her. Dem nackten Grauen stand ich gegenüber und niemand konnte mich zwingen, mich dem kompletten Horror hinzugeben. Noch hatte ich die Wahl. Ich hätte fahren können. Jetzt! Abfahrt! Heute, einige Wochen später nach diesem Drama, denke ich noch immer an die Minuten zurück, in denen ich wirklich überlegt hatte, das Pferd mitzunehmen oder nicht. Ich schäme mich ein wenig meiner selbst, dass ich damals gezögert habe. Wie brutal das für Classic Star gewesen wäre, ihn dort zu lassen. Jedoch, wie brutal war für mich an dem Tag der Gedanke, ihn mitzunehmen. Wie sollte es weitergehen mit Classic Star? Sollte ich ihn von der Weide aus direkt zum Schlachter fahren? Das konnte nicht MEINE Aufgabe sein oder? Eine Situation, die ich erst einmal verdauen musste, um sie in ihrer Dramatik zu verstehen. Mein Traumpferd und ich standen uns gegenüber. Wir gehörten anscheinend tatsächlich zusammen. Das Schicksal hatte entschieden. Wir sollten uns wiedersehen. Wenn auch in einer sehr grausamen und auf den ersten Blick aussichtslos erscheinenden Situation. Classic Stars physischer sowie seelischer Zustand ließen mich vor Schock regelrecht erstarren. Unsere Wege kreuzten sich nach 4 Jahren erneut, auf einer Koppel des Albtraums. Wir träumten beide denselben Traum. Classic Star und ich. Ein Erwachen gab es vorerst nicht. Weder für das Pferd noch für mich. Völlig hilflos waren wir beide und bewegungsunfähig in unseren Regungen. Was sollte ich tun? Niemand konnte uns helfen. Eine Entscheidung musste ich treffen.

Für oder gegen Classic Star. Einen kurzen Moment lang fühlte es sich an, als hätte jemand die Erde angehalten und sie hörte auf, sich zu drehen. Plötzlich spürte ich nur noch Dunkelheit um mich herum. Stille, Angst und tiefste Traurigkeit in meinem Herzen. Es roch nach Tod und Sterben an dem Ort, an dem ich Classic Star begegnete. Im Krieg, wenn Soldaten nach den Kämpfen von der Front heim dürfen, zurück zu ihren Frauen und ihren Kindern. Die Männer, die in ihren Herzen als gebrochene, traumatisierte, schwerstverletzte und fast krepierende Gestalten "heimkehren", von denen hat sich bestimmt die ein oder andere Frau gedacht, nee, das kann nicht mein Mann sein...und wenn er es wirklich ist, diese trostlose, dreckige und sterbende Gestalt, dann will ich ihn vielleicht gar nicht mehr haben oder besser noch, ich kenne ihn einfach nicht mehr. So banal sich das lesen mag, die Gedankengänge schwirrten mir beim Anblick von Classic Star im Kopf herum. Warum und wieso diese absurden Bilder vor meinem inneren Auge abliefen, weiß ich nicht. Den Moment des Wiedersehens zwischen dem Pferd und mir empfand ich als äußerst brutal. Die Bilder der Kriegsgeschichte erklären, wie schrecklich schwer mir die Entscheidung fiel, Classic Star mitzunehmen und welches Ausmaß an Dramatik das Kapitel unseres Wiedersehens für mich hatte!

Kriege und ihre Folgen…

Mein schlimmster Albtraum wurde zur bitteren Realität, in der ich eine Entscheidung treffen musste. An dem Tag fühlte ich den Tod sehr nahe bei mir. Er lauerte bereits auf der Weide und wartete hämisch auf meine Entscheidung.

Gevatter Tod hätte das Pferd bald an sich gerissen. Das wusste ich genau. Nahm ich das Pferd mit, würde Classic Star wahrscheinlich ebenfalls sterben. Entweder auf dem Anhänger oder später bei mir zuhause. War das eine bessere Lösung? Für einen kleinen Moment keimte Hoffnung in mir auf, dass wir vielleicht eine minimale Chance hatten. Skeptisch blickte ich zu Classic Star. Das Pferd hatte sich noch immer nicht gerührt. Nein, da gab es keine Hoffnung mehr. Es schien aussichtslos! Mir schwirrten Gedanken durch den Kopf, als ich den Kampf mit mir führte, Classic Star mitzunehmen oder ihn dort zu lassen. Einige von ihnen behalte ich besser für mich. Sie sind weitaus schlimmer, als die Bilder im Kopf der Kriegsheimkehrer, das versichere ich Euch. Classic Star wird nie wieder reitbar sein, Anais! Er wird nie wieder springen können. Du musst Geld ohne Ende in ihn investieren, um ihm ein annehmbares Leben zu bieten. Bis aus Classic Star wieder annähernd ein Pferd geworden ist, bist du finanziell pleite! Classic Star ist fertig, Anais! Der Bolzenschuß wäre eine Erlösung für das Tier. Lass ihn hier! Er wird sterben. Du willst doch nicht zusehen, wie Classic Star stirbt oder? Du kannst nichts mehr für ihn tun. Es war die Stimme meines Verstandes. Sie versuchte, mich wachzurütteln. Die Stimme meines Herzens sprach eine andere Sprache. Nein! Mein Gewissen hielt mich davon ab, mich gegen das Pferd zu entscheiden. Wenn ich Classic Star nicht mitgenommen hätte, wäre er gestorben. Wenige Tage später hätte das seinen sicheren Tod bedeutet. Er war bereits halb verhungert und geschwächt durch die chronischen Schmerzen seines Auges. Verteidigen gegen die anderen Pferde, so kraftlos wie er bereits war, wäre für ihn unmöglich gewesen.

Ich konnte Classic Star doch nicht wissentlich sterben lassen. „Wir nehmen ihn mit!" sagte ich entschieden und meine Freundin griff ohne zu zögern den sterbenden Schimmel am Halfter. Sie schien erleichtert, dass ich mich endlich entschieden hatte und vor allem, dass wir Classic Star mitnehmen wollten. Lieber sollte Classic Star bei mir zuhause in meinen Armen einschlafen dürfen, als hier alleine einen erbitterten Todeskampf zu führen. Sie zog den armen Kerl regelrecht hinter sich her zu unserem Pferdeanhänger. Classic Star bewegte sich nur sehr langsam und unwillig vorwärts. Er schwankte beim Laufen. Das Einsteigen in den Transporter verlief erstaunlich unproblematisch. Wenn ich ehrlich bin, hatte ich mit einer Katastrophe gerechnet. Dass er zusammenbricht, hinfällt oder auf dem Anhänger einen Herzschlag erleidet. Mir gingen tausend schreckliche Dinge durch den Kopf. Neben mir spürte ich den Tod in seiner unsichtbaren Gestalt. Lachend und ironisch hörte ich Gevatter Tod sprechen: „Dem Gaul wirst du nicht mehr helfen können, du zögerst sein Ende nur unnötig hinaus! Aber ich begleite euch Anais und ich werde dich beobachten, denn den Kampf wirst du bald schon verlieren!" Sich selbst im schlimmsten Albtraum zu begegnen und daraus die richtige Entscheidung zu treffen, ist brutal. Eine emotionale Erfahrung, die dich für den Rest deines Lebens prägt. Sehr schmerzlich. So schnell wie an dem Tag, hatte ich mein Auto mitsamt Anhänger, noch nie in Bewegung gesetzt. Bloß weg aus dem Horror, dachte ich. Niemals vergesse ich die Blicke der Pferde, die am Zaun der Koppel zurückblieben. Hätte ich sie doch nur alle mitnehmen können! Meine Freundin Elena und ich sprachen während der Fahrt kein Wort miteinander. Mit den Tränen kämpfte ich.

Ich glaube, sie auch. Tapfer versuchte ich, Haltung zu bewahren und meine Tränen zu unterdrücken.
Irgendwann auf halber Fahrtstrecke fragte ich leise: "Meinst du nicht", dass wir ihn erlösen sollten? Das ist doch alles nur Quälerei für Classic Star! Er wird wahrscheinlich sowieso sterben und ich kann es nicht einmal verhindern!" Elena blickte mich entsetzt an. „Der schafft das schon! Wir bringen ihn sicherlich nicht zum Schlachter! Alles wird gut!" Meine Freundin klang überzeugend. Ich war froh, dass sie an dem Tag mit dabei war. Alleine hätte ich das nervlich nicht durchgestanden. Wie es weitergehen sollte mit Classic Star, der hinten im Anhänger völlig regungslos stand, ich hatte keine Ahnung. Er muckste nicht ein einziges Mal während der Fahrt. Ehrlich gesagt wartete ich jede Minute auf den Knall und ein heftiges Rumsen hinten im Anhänger. Meine Sorge, dass Classic Star nicht einmal die Fahrt zu mir nach Hause überleben würde, war berechtigt. Was ging in dem armen Kerl vor sich? Dass Tiere fühlen, ist erwiesen. Mir tat er unendlich leid und ich fühlte mich ihm gegenüber hilflos. Ein sterbendes Pferd stand auf meinem Anhänger, das ich durch die Gegend kutschierte. Classic Star würde sterben und ich musste das irgendwie verhindern, wenn ich ihm nicht beim Sterben zusehen wollte. Wie sollte ich ihm helfen? Welch eine unlösbare Aufgabe! Bewältigen kann man solch eine Tragik nur, wenn man Geld ohne Ende, Nerven wie Drahtseile und kein Gewissen hat. Wenn man ohne Mitgefühl und ohne Herz ist. Classic Stars Anblick mit dem Wissen, wie ernst es um ihn stand, zerriss meine Seele. Wie sehr hatte dieses Pferd gelitten? Wie würde Classic Star den zurückliegenden Horror seiner Erfahrungen aus den letzten Monaten verkraften? Wie verarbeiten Pferde

derartige Erlebnisse? War Classic Star stark genug, sich nicht aufzugeben? Darüber kannst du als Mensch mit Herz nicht hinwegsehen und einfach gefühllos zur Tagesordnung übergehen. Also ich kann es nicht. Nach dem Motto, ach das wird schon wieder, das kriegen wir hin... Wir schaffen das! Ich dachte an die Bundeskanzlerin, bei dem Ausruf: Wir schaffen das! Wie lächerlich...nein, es ist durchaus nicht zum Lachen. Solch ein Erlebnis nimmt dich völlig mit. Es gleicht einem Tsunami, der über dich hinweg bläst und völlige Verwüstung hinterlässt. Eines war mir bewusst auf der Fahrt nach Hause. Ich musste Nerven bewahren die nächsten Tage, um alles durchstehen zu können. Viel Kraft brauchte ich. Aus meinem Bild des Traumpferdes war innerhalb kürzester Zeit eine wahrhaftige, beinahe abscheuliche Tragödie geworden. Ein Drama. Die Freude, endlich das Pferd wiederzusehen, auf das ich so lange gewartet hatte, um es besitzen zu dürfen, endete in blankem Entsetzen und Fassungslosigkeit. Welch ein Szenenwechsel des Lebens. Angst überkam mich. Was hatte ich mir eigentlich angetan und welch eine Aufgabe mutete ich mir zu? Konnte ich sie bewältigen? Vor mir lag ein Weg mit ungewissem Ausgang. Die einzige Begleitung am Rande des Weges waren nur die Traurigkeit in ihrer Auswegslosigkeit und Gevatter Tod, der uns beobachtete die nächsten Tage. Das Abladen von Classic Star aus dem Anhänger bei mir zuhause klappte ohne weitere Zwischenfälle. Erleichtert atmete ich tief durch. Meine Freundin Elena frisierte Classic Star gleich seine Mähne. Direkt noch, bevor dieser in die Box einziehen konnte. In aller Ruhe schnitt sie ihm die Mähne ab. Bisschen Comedy und satirische Züge hatte das schon. Sadistische? Nee, satirische! Gut, sadistische vielleicht auch! ☺ Es munterte jedenfalls auf. Elena entschärfte auf humorvoll komische Art und Weise die Dramatik des Geschehens und nahm Geschwindigkeit aus ihrer Tragik. Ich musste tatsächlich schmunzeln und wir lachten beide. Ein sterbendes Pferd sollte zumindest die Haare schön haben. Die Haare hingen in seinem kaputten Auge, das musste Classic Star bestimmt stören. Elena hatte Nerven! Classic Star hatte an allen vier Beinen schlimmste Mauke, einen juckenden Hautausschlag. Die Hufe waren ausgebrochen und viel zu kurz. Am Schlimmsten fand ich jedoch seine Rippen und Knochen, die aus seinem ausgemergelten Körper überall deutlich herausstanden. Classic Stars kaputtes Auge konnte ich mir nicht genauer ansehen. Die Augenmaske nahm ich ihm vorerst nicht vom Kopf. An dem Tag hatte ich so viel Elend gesehen, mir reichte es. Mein Bedarf an Grausamkeiten war gedeckt und meine Nerven hatten ihr Ende erreicht. Nachdem Elena mich alleine ließ und nach Hause fuhr, hatte Classic Star also sein neues zuhause bei mir bezogen. Eigentlich hätte ich mich freuen müssen. Endlich war er bei mir! Mein geliebter Schimmel Classic Star, den ich mir all die Jahre so sehr gewünscht hatte, stand nun tatsächlich bei mir daheim. Prima...! Ich weinte. Die Tränen liefen von allein. Mir platzte regelrecht der Arsch, wenn ich es ehrlich sagen soll! Ich flüchtete panikartig ins Haus, setzte mich hin und heulte hemmungslos. Es brach aus mir heraus. Meine Nerven hielten dem Drama nicht mehr stand. Wen wundert das? Verständlich, oder? Da hatte ich mich so gefreut, endlich mein Traumpferd mit nach Hause nehmen zu können und was stand draußen in der Pferdebox? Das Leiden Christi. Schlimmer als das! Ein Pferd, das ich gar nicht ansehen mochte.

Weil sein Anblick grauenhaft und unwürdig war. Den Tierkadaverentsorgungs-LKW hätte ich bestimmt bald beauftragen müssen, um die armselige Gestalt von meinem Hof entsorgen zu lassen, weil für Classic Star jede Hilfe zu spät kam. ☹ Ganz ehrlich? Ich war kurz vor dem Durchdrehen, als Classic Star bei mir zuhause in der Box stand. In mein Badezimmer lief ich und kotzte in die Toilette. Mir war schlecht, als hätte ich 3 Tage lang gesoffen. Ich kann es nicht besser wiedergeben. Es ist einfach nur verdammt ehrlich ausgesprochen! Verflucht sei das Schicksal des Lebens in seinen gemeinen Spielchen.

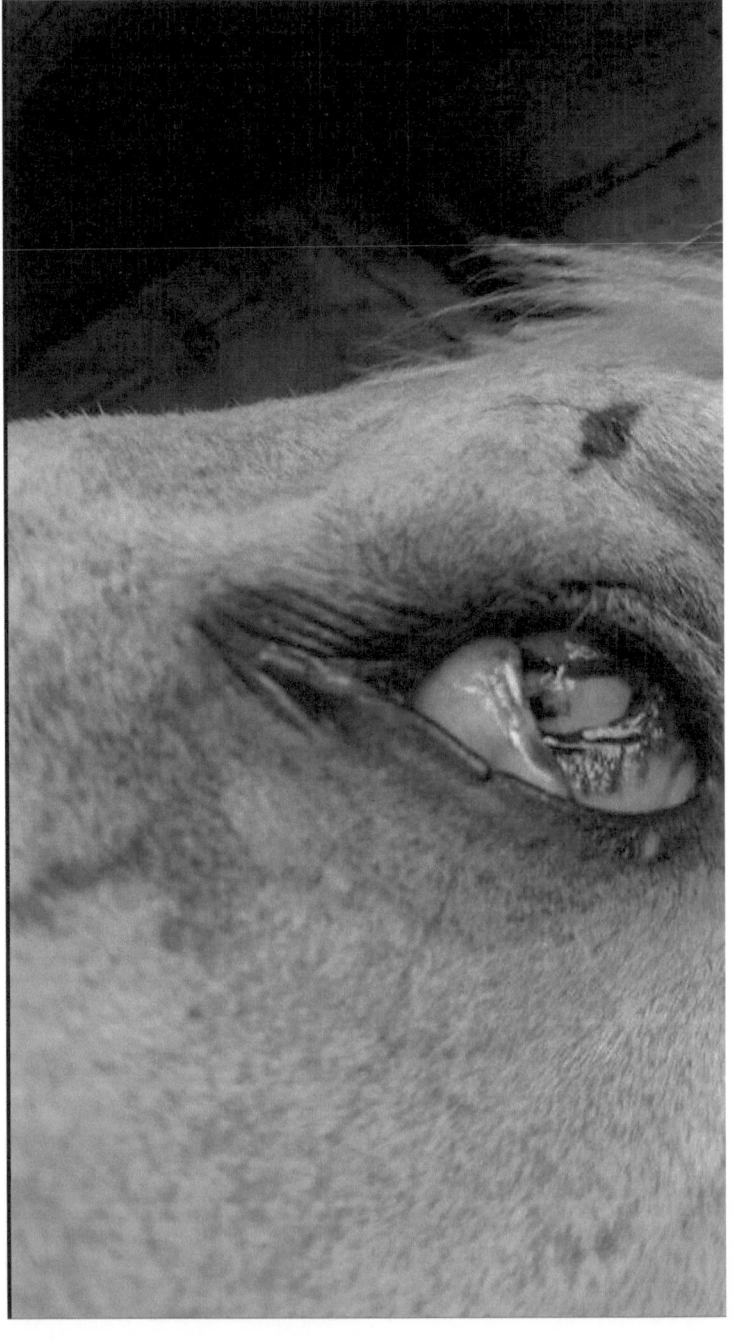

Du kannst ein Pferd nicht zwingen, etwas für Dich zu tun, Du kannst es lediglich darum bitten!

Es gibt keine tieferen Geheimnisse als die zwischen einem Reiter und seinem Pferd!

Meine Gedanken kreisen nur um eine bildliche Vorstellung. Nämlich, dass Classic Star die nächsten Tage nicht überleben würde. Definitiv glaubte ich, Classic Star wäre zeitnah gestorben und ich musste ihm dabei hilflos zusehen. Wenn dir solche Gedanken im Kopf schwirren, du heulst und kotzt dich zugrunde, gehst daran innerlich kaputt. Du siehst keinen Ausweg, das Drama aufzuhalten. Wie sollte ich dem Pferd helfen? Meinen Tierarzt anrufen?! Der hätte die Hände über dem Kopf zusammengeschlagen und mich gefragt, warum, wieso und weshalb ich mich solch einem Elend freiwillig hingeben wollte. Zum Teufel hätte er mich geschickt, gedanklich. Geld zu verdienen an einem toten Pferd, da hätte selbst er die Notbremse gezogen. So gut kennen wir beide uns. Wenn nichts mehr geht bei einem Tier, dann geht eben nichts mehr. Ende! Kopf ab oder überdosiertes Narkosemittel in die Venen jagen. Hätte mein Tierarzt Classic Star gesehen, ich bin mir sicher, aus tierschutzrechtlichen Gründen hätte er darauf bestanden, Classic Star einzuschläfern! Die Box, die Classic Star bei mir bezogen hatte, war die letzte der Außenboxen gegenüber von meinem Haus. Die größte und schönste, die es bei mir gab. Eine Abfohlbox eigentlich. Für eine Stute mit Fohlen. Nachdem Classic Star sein neues Zuhause inspiziert hatte, geschah etwas unglaublich Trauriges. Das werde ich in meinem Leben in der Geschichte um dieses Pferd niemals vergessen. Classic Star hatte sich neugierig umgesehen in seinem zuhause und sich orientiert. Im Trog warteten bereits extra Möhren auf ihn, eine große Portion Heu lag bereit und frisches Stroh war in der Box verteilt, damit alles weich gepolstert war. Das war selbstverständlich für mich. Von Herzen für ihn organisiert.

Zu dem Zeitpunkt, als ich die Box hergerichtet hatte, konnte ich ja noch nicht ahnen, was mich später erwarten sollte. In dem Augenblick war ich noch ein glücklicher Mensch, voller Freude erwartete ich mein neues Pferd, das bald einziehen sollte! Ironie des Schicksals! Jedenfalls, nachdem Classic Star sich alles angesehen hatte, drückte er auf einmal seine Stirn gegen die Tür der Stallbox und verharrte in der Position einige Minuten lang.

Er seufzte tief.

Mir war, als wenn er geweint hätte!

Der traurige Anblick verfolgte mich tagelang. Mir fehlen an der Stelle die Worte und ich muss unterbrechen. Beim Schreiben der Zeilen und dem Hochladen des Fotos, auf dem ihr sehen könnt, dass Classic Star tatsächlich geweint hat und wie verzweifelt er war, gehe ich eine Runde heulen. Die Box besitzt seitlich neben der Tür einen Holzpfosten, der das Dach stützt. Classic Star schlug die ersten Tage permanent mit seiner Kopfseite des kaputten Auges gegen den Pfosten, bis er begriffen hatte, dass dort ein Hindernis war und er ausweichen musste. Das tat mir in der Seele weh, zu sehen, dass er sich tagelang den Kopf und das Auge an dem Pfosten anschlug. Auspolstern wollte ich den verdammten Holzbalken! Das waren die kleinen zusätzlichen Tücken unseres Alltags im Leben mit Classic Star. An dem Abend, als Classic Star bei mir zuhause eingezogen war, zündete ich eine Kerze an. Für uns beide. Ich glaube schon, dass wir ein kleines Wunder brauchten. Ging ich morgens hinaus, um die Pferde zu füttern, konnte ich seine Box nicht sofort einsehen. Sie lag augenscheinlich etwas verdeckt. Angst hatte ich. Tag für Tag und Morgen für Morgen. Hatte Classic Star die Nacht überlebt? War er stark genug, weiterhin durchzuhalten oder hatte seine geschundene Seele in der dunklen Nacht bereits den Weg nach Hause angetreten? Heimwärts auf die immergrünen Weiden? In das Land der Regenbogenbrücke. Leise und mit stockendem Atem rief ich seinen Namen. Bitte lieber Gott, lass ihn über den Rand seiner Stalltür hinausschauen und nicht starr und zusammengefallen im Stroh liegen! Bitte! Diese Gedanken und ähnliche begleiteten mich tagtäglich. Grausam, was ich durchleben musste. Morgens, wenn ich das Haus verließ, um die Pferde zu füttern, dachte ich oftmals, Classic Star hatte die Nacht nicht überlebt und er lag wahrscheinlich bereits tot in seiner Box. Manchmal näherte ich mich seiner Box wirklich nur mit größter Angst und Vorsicht. Aber, Classic Star war all die Tage munter und wieherte mir freudig entgegen. Hunger hatte er. Richtig Randale schob er morgens, wenn es ihm nicht schnell genug ging. Immer wollte er der erste sein, der sein Futter bekam.

Zum Lachen sein Anblick...

Ein kleines Häufchen Elend, das aussah wie der Suppenkasper, konnte ein riesengroßes Spektakel veranstalten, wenn es ums Fressen ging. Classic Star hatte kaum Kraft, sich auf den Beinen zu halten, aber einen „Aufstand", den bekam er lautstark hin. Irgendwann gab ich mir einen Ruck. Es musste weitergehen. Entschlossen wischte ich meine Tränen beiseite und sagte mir, dass ich bereits war zu kämpfen. Für Classic Star.

Ein Stoßgebet schickte ich zum Himmel. „Lieber Gott", lass Classic Star bitte mithelfen! Gib ihm die Kraft, dass er den Willen hat, zu überleben, bitte! Hilf uns!" Mir war klar, Classic Star und ich mussten uns die nächsten Tage zusammenraufen. Notgedrungen miteinander klarkommen. Classic Star ansehen und ihn betrachten, konnte ich vorerst aus Schamgefühl leider nicht. Sein Auge mochte ich partout nicht betrachten. Seinen geschundenen Körper ebenfalls nicht. Von dem einst athletischen Pferd war nichts mehr erkennbar. Sein linkes Auge, der Glaskörper war völlig verschwunden. Ausgelaufen. Etwas Grausames in der Art, hatte ich nie zuvor in meinem Leben gesehen. Ein leeres Auge. Offenes, freiliegendes Gewebe! Rohes Fleisch! Wie lange er damit wohl schon rumgelaufen war? Was für schlimme Schmerzen er ertragen musste?! Unvorstellbar, die Grausamkeit der Menschen. Nichts zu unternehmen. Regungslos zuzusehen, wie ein Tier stirbt. Ein Tier, welches sie in Obhut genommen und dafür Geld kassiert haben. Das finde ich an der Geschichte das Schlimmste überhaupt! Wenn Tiere dem Menschen hilflos ausgeliefert sind. Es passiert überall auf der Welt, tagtäglich. Die wenigsten Menschen schauen genauer hin. Meistens geschieht es aus Ohnmacht und Hilflosigkeit. Manchmal auch aus reinem Nichtwissen. Der Stallbetreiber war vielleicht einfach nur "Betriebsblind". Beim besten Willen kann ich nicht glauben, dass ein Mensch wissentlich Tiere zugrunde gehen lässt. Im Menschen suche ich eigentlich stets das Gute. Ich glaube an Menschen und an das Gute in ihnen. Der jämmerliche Anblick von Classic Star ließ mich jedoch erstmals zweifeln. Eine Freundin, der ich vor einigen Tagen stolz erzählt hatte, dass ich endlich mein

Traumpferd abholen durfte, bevor ich ahnen konnte, in welchem Zustand Classic Star mittlerweile war, wollte mein „Superpferd" natürlich gern besuchen kommen. Bei mir daheim. Mein Gott hatte ich mich mit Ausreden gewunden und vor ihr rumgedruckst, um den Besuch unter allen Umständen zu verhindern. An der Stelle bitte ein "sorry" aber es ging nicht, unmöglich. Mir fehlte die Kraft, mich den Fragen und der Diskussion zu stellen. Ungelogen, ich stand einige Tage unter regelrechtem Schock und agierte nur roboterhaft. Notgedrungen funktionierte ich in meinem Alltag. Wurschtelte mit allem planlos vor mich hin. Classic Stars Zustand hatte bei mir eingeschlagen wie eine Bombe und mein Herz zerfetzt. Es herrschte pures Gefühlschaos bei mir! Gottseidank hatte Classic Star einen regen Appetit. Er fraß alles, was er kriegen konnte. Natürlich mussten wir die Sache langsam angehen. Sein Magen/Darmtrakt sollte sich erst einmal wieder auf feste Nahrung einstellen. Nur das Beste kaufte ich für ihn. Durch sämtliche Raiffeisenläden und Futtermittelkataloge wühlte ich mich. Besorgte alles, womit ich glaubte, ihn schnell zu Kräften bringen zu können. Oldie Mix, Mash, um eine Darm -Kur anrühren zu können, Luzerne und Heu von bester Qualität. Als ich den Einkaufwagen durch die Gänge schob, konnte ich nicht einmal mehr die Richtung erkennen, in die ich fuhr, so vollgepackt hatte ich den Wagen mit den speziellen Futtersäcken und Zusatzfuttermittelchen. Die Kassiererin hatte mich an dem Tag schon ein bissel merkwürdig angesehen. Für mich war es beschlossene Sache, Classic Star, sobald er stabiler im Allgemeinzustand war, in die Tierklinik zu bringen. Unbedingt. Sein kaputtes Auge musste operativ entfernt werden.

Wenn Classic Star leben sollte, war dies der wichtigste Schritt! Dazu brauchte ich nicht einmal die Meinung eines Tierarztes. Das Auge musste raus und zwar schnell, um dem Pferd die chronischen Schmerzen zu nehmen. In dem Zustand hatte Classic Star keine Chance mehr auf ausreichende Lebensqualität. Zwei Wochen Zeit wollte ich ihm Zeit geben, um zu regenerieren und zu Kräften zu kommen. Der Op Termin war bereits mit der Klinik ausgemacht. Alleine war ich mit all meinen Entscheidungen, die ich treffen musste. Alleine mit den Fortschritten, sowohl mit den Rückschlägen in der Geschichte um Classic Star. Es gab niemanden, der mir zur Seite gestanden hätte. Manchmal war mir nach ausheulen zumute oder einfach nach einer Schulter zum Anlehnen, aber es gab für mich niemanden, der mir seine gereicht hätte. Alleine mit Classic Star kämpfte ich mich tapfer durch unser trauriges Schicksal. Beängstigend fand ich die Situation, in der ich steckte. An manchen Tagen hätte ich am liebsten alles hingeschmissen. Vor Wut! Eine Geschichte, die sehr hart im Umfang ihres Schicksals an meine Adresse ausgeteilt hatte, musste ich einstecken. Sowohl für das Pferd als auch für mich waren die Tage am Anfang des Weges sehr bitter. Betrogen in meiner Freude über den Besitz des Pferdes, fühlte ich mich. Vom Leben verarscht. Vielleicht ist das dem ein oder anderen von Euch einmal ähnlich ergangen und beim Lesen meiner Zeilen könnt ihr nachvollziehen, wie ich mich gefühlt habe. Classic Star war in gewissem Sinne ebenfalls vom Schicksal betrogen worden. Um seine verdiente Rente auf den grünen Weiden, die er in friedlichem Galopp hinein in den Sonnenuntergang genießen sollte. Nach all den Erfolgen und seinen erbrachten Leistungen, hätte ihm die Rente im

Sonnenschein zugestanden. Seine fabelhafte Einstellung, immer sein Bestes für den Reiter geben zu wollen, verdiente das Beste für dieses Pferd. Classic Star hatte es bekommen sollen, das Beste. Ja! Sein Besitzer, der Reiter, alle dachten, sie hätten das richtige für den Schimmelwallach entschieden. Warum ging der gutgemeinte Plan von ihnen eigentlich so völlig daneben? Mir fehlte die Erklärung für des Rätsels Lösung. Ebenfalls suchte ich nach einer Antwort, warum Classic Star und ich uns noch einmal begegnet waren in diesem Leben. Warum bin ich es? Warum bin ich der einzige Mensch in der Geschichte, der Classic Star noch etwas Gutes tun kann auf seine alten Tage? Jetzt und in seiner Zukunft? Warum ausgerechnet ich? Ist es die Liebe, die den seltsamen Weg des Lebens geht und am Schicksal dreht? Bestimmt ist es so! Und es ist ok! Du hast dich entschieden, Anais! Also gehe bitte den Weg! Auch wenn ich stolperte und hinfiel in den letzten Wochen, stand ich doch immer wieder auf. Niemals hätte ich einen Rückzieher gemacht! Hätte ich Classic Star an dem Tag **nicht** mit zu mir nach Hause genommen, er wäre gestorben. Die Tatsache hielt ich mir immer wieder vor Augen. Tag für Tag. Sie trieb mich voran. Ich hatte Classic Star das Leben gerettet und das war wundervoll. „Auch wenn Tonnen Tränen entgegenkommen!" wie Frida Gold so schön singt. Meine Freundin Elena war leider direkt, nachdem wir Classic Star zusammen abgeholt hatten, in den Urlaub geflogen. Also, auch sie konnte mir nicht beistehen. Den früheren Besitzer von Classic Star hatte ich über den katastrophalen Zustand des Pferdes in Kenntnis gesetzt. Bilder hatte ich ihm geschickt. Natürlich war er ebenfalls völlig entsetzt und zutiefst schockiert.

Anhand der Tatsache, Classic Star eine kostspielige Operation benötigte, schenkte er mir das Pferd und verzichtete auf den ausgemachten Kaufpreis. Darüber konnte ich nur schwach lächeln. Was zählte das in unserer Situation? Die anstehende Operation würde mich mehrere hundert Euro kosten, wenn nicht sogar tausende. Falls es Komplikationen gab und die musste ich notgedrungen mit einplanen, hätte das meinen finanziellen Ruin bedeutet. Die Kosten der Nachbehandlung musste ich auch mit einkalkulieren. Finanziell glich Classic Star einem Fass ohne Boden. Sein Zustand verbesserte sich jedoch von Tag zu Tag. Dass er Schmerzen hatte, gut, das sah man ihm an. Die konnten ihm auch nur die bevorstehende Augenoperation nehmen. Classic Star ging großartig mit seiner schmerzvollen Situation um. Das Pferd hatte meinen größten Respekt für die Tapferkeit, mit der er sein Schicksal ertrug. Classic Star jammerte nicht. Sich hängenlassen, gab es nicht für den Schimmel. Ein Kämpfer war er! Vielleicht hatte er es für mich getan, weil er merkte, dass ich ihm helfen wollte. Woher nahm das Pferd die Kraft, immer wieder aufzustehen? Tag für Tag? Classic Star kämpfte um sein Überleben. Was trieb ihn an? Ohne Mucken schluckte er die Wurmkur, das ekelhafte Pulver für seine Darmsanierung, ließ den Hufschmied über sich ergehen, obwohl er kaum stehen konnte, wenn er einen seiner Füße hochhalten sollte. Classic Star folgte mir. Wohin ich ihn auch führte, er vertraute mir blind. Eine wunderbare Freundschaft war zwischen uns entstanden. Beobachtete ich Classic Star auf der Weide, fand ich es faszinierend, wie wundervoll der Schimmel mit seinem Schicksal, nur noch auf einem Auge sehen zu können, umging.

Ziemlich schnell hatte er kapiert, dass die Weide durch einen Elektrozaun begrenzt war, auch wenn dieser auf seiner blinden Seite lag, nahm er den Zaun als Hindernis wahr. Zu meinen anderen Pferden war er stets freundlich, wieherte ihnen entgegen. Mit meinem Wallach "Quick" verstand er sich gleich vom ersten Tag an. Stundenlang saß ich in der Sonne und beobachtete Classic Star und die anderen Pferde, wie sie miteinander agierten. Classic Stars Bewegungen, sein Umgang mit „Quick" und die Art, wie die zwei Pferde miteinander kommunizierten, faszinierten mich. Quick hatte schnell bemerkt, dass Classic Star sich anders verhielt, als ein gesundes Pferd. Näherte sich Quick von links, also der blinden Seite Classic Star`s, bekam er von diesem gleich eine „getafelt". Quick mied es ab sofort, sich Classic Star von links zu nähern. Die Tiere lernten unheimlich schnell, sich zu respektieren und gegenseitig zu achten. Wirkte Classic Star unzufrieden? Oder unglücklich? Gar schmerzvoll? Sein äußerlicher Zustand war immer noch besorgniserregend. Jedoch sah ich keinen Grund, Classic Star zu erlösen. Er schien lebensfroh und zufrieden. Ein Kämpfer, der sich nicht unterkriegen ließ. Die Idylle zwischen Quick und Classic Star wurde jäh unterbrochen, als meine Stute Alana ins Spiel kam. Die Stute rosste fleißig direkt vor den Nasen der beiden Herren. Alana hatte die Wahl, "Black" or "White".

Alana entschied sich wohl für Black (Quick) und Classic Star rastete völlig aus. Richtig wild wurde das halbtote Pferd. Das konnte er überhaupt nicht hinnehmen, dass die Augen der hübschen Stute Alana nicht ihm galten. Classic Star hatte scheinbar vergessen, in welch optisch schlechtem Zustand er sich befand.

Er war leider zurzeit nicht wirklich heiratskompatibel. Das war sogar Alana aufgefallen, denn sie bevorzugte eindeutig Quick. In den nächsten Tagen ging Classic Star nur noch alleine, getrennt von Quick auf die Weide. Das war mir einfach zu gefährlich, dass sich die beiden Rivalen gegenseitig getreten hätten. Classic Star wurde plötzlich regelrecht hengstig und aufmüpfig. Quick hätte er vermöbelt aus seiner verletzten Ehre heraus, wenn er die Möglichkeit bekommen hätte. Das Verhalten des Pferdes wurde gefährlich. Die Gefahr muss man als „Leittier Mensch" richtig einschätzen, wenn man es mit verschiedenen Pferdepersönlichkeiten zu tun hat. Die Pferde einfach zusammengewürfelt auf die Koppel zu stellen mit einer rossigen Stute in der Nähe, hätte schwerwiegende Folgen für eines der Pferde haben können. Das fast bösartige Verhalten von Classic Star machte mich jedoch unheimlich glücklich. Es zeigte mir, dass das Pferd eher an einer Bedeckung meiner Stute Alana interessiert war und um ihre Gunst zu erlangen, er sogar bereit war, einen Kampf auf sich zu nehmen, als den „Löffel" abzugeben. Ich atmete durch. Classic Star war auf einem guten Weg. Auch wenn seine körperliche Hülle das noch nicht vermuten ließ. Sein Wille war stark. Er wollte leben und das war gut! In kleinen, langsamen Schritten versuchte ich, Classic Star zu „zivilisieren" und „sozialisieren". Das Zulassen der Bürste auf seinem Fell musste er neu erlernen. Anfänglich war er unsicher und ziemlich kitzelig obendrein. Wenn ihn die Bürste zu sehr ärgerte, hob er drohend ein Hinterbein in meine Richtung. Classic Star zeigte mir deutlich, wie weit ich gehen durfte. Wir lernten voneinander. Man muss bedenken, Classic Star war seit über einem Jahr dem Menschen völlig entfremdet.

Er hatte keinen Sozialkontakt zu den Menschen gehabt. Erinnern musste ich ihn an gewisse Dinge, die er einst gelernt, aber auch wieder vergessen hatte. Die Situation der Blindheit auf seinem Auge machte es nicht unbedingt leicht für mich. Jedoch war ich geduldig mit Classic Star. Wenn etwas an einem Tag nicht sofort klappte, dann probierten wir es einfach am nächsten nochmal. Mir war bewusst, dass sich das Pferd neu orientieren und körperlich ausrichten musste, um zu verstehen, dass es mir vertrauen konnte. Vertrauen war das Wort, das uns mit der Zeit zum gewünschten Erfolg bringen würde. Oftmals vergaß ich, dass Classic Star mich nicht sehen konnte, wenn ich mich ihm von seiner blinden Seite näherte. Anfangs konnte es passieren, dass er einfach nach mir ausschlug. Sicherlich wollte er mich nicht böswillig treten oder gar verletzen. Seine Reaktion koppelte ich mit der Erfahrung, die er auf der Weide mit den anderen Pferden gemacht hatte, kurz nach seiner Erblindung. Dort hatte er sich zur Wehr setzen müssen gegen einen Feind, den er nicht sehen konnte. Was sollte er anderes tun, als nach ihm zu treten, um sich zu verteidigen? Da ich um die Gefahr wusste, dass er mich verletzen konnte, versuchte ich seine Schwachstellen zu schonen um mich somit vor seinen Attacken zu schützen. Ich versuchte, ihm die Arbeit mit mir zu erleichtern, so gut ich konnte. Das bedeutete für mich, sich ihm immer von rechts nähern, falls doch von links, ihn vorher unbedingt anzusprechen. Wir beide lernten viel voneinander. Selbst sein krankes Auge bereitete mir irgendwann keine Probleme mehr. Die lästige Maske über seinem Kopf hatte ich ihm längst ausgezogen. An den Anblick des leeren Auges hatte ich mich gewöhnt. Selbst den Schleim und die Tränen konnte ich Classic

Star mittlerweile aus dem kaputten Auge wischen, ohne erbrechen zu müssen. Welch ein Fortschritt. Noch vor einigen wenigen Tagen hatte ich das blinde Auge nicht einmal ansehen können. Classic Star koppt. Besonders gern nach dem Fressen. Blöde Angewohnheit ist das Koppen bereits bei einem gesunden Pferd. Es dient dem Stressabbau. Oh mein Gott, ich bewundere Classic Star seine koppende Ausdauer. Manchmal geht das die ganze Nacht hindurch. Mit den Zähnen setzt er auf den Rand der Eisentür auf, zieht Luft an, schluckt diese und rülpst dabei. Solange ich das Geräusch der Eisentür hörte, sie klappert unüberhörbar, wenn Classic Star an ihr koppt, weiß ich, alles ist gut, Classic Star lebt, er ist wohlauf. Eines Nachts rief mich meine Nachbarin an und fragte, ob sich eines der Pferde in der Box festgelegt hätte, es würde immer so laut „scheppern" draußen.

Classic Star koppte anfänglich besonders viel, weil er den Stress der Schmerzen verarbeiten musste, glaube ich. Den Tag der Operation sehnte ich herbei, um dem Pferd endlich die Qualen zu nehmen und den damit verbundenen Stress, den seine Schmerzen verursachten. Der tägliche Umgang mit Classic Star musste genau geplant und organisiert sein. Stress wollte ich für ihn unbedingt vermeiden und das war nicht immer einfach. Er regte sich unheimlich auf, wenn die anderen Pferde draußen waren und er im Stall bleiben sollte. Nachdem er die Bekanntschaft mit „Alana" gemacht hatte, galoppierte er nur noch wie ein Irrer auf der Weide herum. Weil er nicht zu Alana auf das Weideabteil durfte. Der Stress war Gift für seinen geschundenen Gesundheitszustand. Das Gewicht, das ich Classic Star mühevoll auf seine Rippen gefüttert hatte, trainierte er sich bei seinen wilden

Galoppeinheiten sofort wieder runter. Seine Hufe litten bei den Stopps und westernartigen Drehungen aus vollem Tempo, die er vollführte, natürlich extrem. Sie waren sowieso bis auf die Hufsohle abgelaufen und hinfällig. Wir mussten auf den Hufschmied warten, der uns leider pausenlos versetzte. Wenn dieser sofort wie vereinbart gekommen wäre, hätten wir dem Schimmel noch Eisen unter seine Hufe nageln können. Dank der Unzuverlässigkeit des Schmieds waren die Hufe des Pferdes mittlerweile nur noch eine einzige Katastrophe. Mit den Hufen konnte ich Classic Star das Laufen auf der Weide nicht mehr zumuten. Die Hufe waren gesplittert und völlig ausgebrochen. Nachdem ich einen anderen Schmied beauftragt hatte und dieser ihm die Hufe dann nur noch leicht feilen konnte, weil gar kein Horn mehr zum Schneiden vorhanden war, hieß es, das Pferd bliebe besser im Stall, sonst wäre der arme Kerl irgendwann nicht nur auf einem Auge blind, sondern auch noch völlig lahm gewesen. Besiegten Classic Star und ich erfolgreich ein Problem, verloren wir zeitgleich an einer anderen Front den Kampf gegen ein anderes. Eine derartige Erfahrung nimmt dir jede Menge Motivation. Dennoch, ich gab nicht auf! Mit Menschen hatte Classic Star wie gesagt, seit über einem Jahr keinen Kontakt mehr gehabt. Somit war er völlig menschenentfremdet. Dazu blind auf einem Auge. Mit der neuen Situation musste er für sich selbst anfänglich erst einmal klar kommen. Auf der Weide, dort wo er zuletzt zuhause war, hatte er sich ordentlich behaupten müssen gegen die anderen Pferde, die ihn sicherlich böse attackiert hatten. Das zeigten seine ganzen Macken und Bisswunden, mit denen sein Körper übersät war. Dass *ich* weder sein Feind war, noch ihm etwas Böses wollte, das hatte Classic Star schnell verstanden. Mit der Zeit, in der wir uns langsam aneinander gewöhnten, wurde unser Verhältnis eindeutig besser. Classic Star zeigte mir, dass er bereit war, mitzuarbeiten. Oft stupste er mich mit seinem Kopf freundschaftlich an, als wollte er sich entschuldigen dafür, dass er mich mal wieder äußerst unsanft und achtlos zur Seite geschubst hatte oder aber mir auf den Fuß getreten war, weil er mich einfach zu spät wahrgenommen hatte. Manchmal rannte er mich einfach gnadenlos um. Meistens, wenn ich ihn abends von der Koppel reinholte. Dann ging es ihm nicht schnell genug, um an sein Futter in der Box zu kommen. Meiner Tochter, die einige Male mit ihm spazieren ging, trat er permanent auf ihre Füße. Sie weinte oftmals und sagte, dass sie mit Classic Star nicht mehr spazieren gehen wollte. Dabei meinte Classic Star das alles gar nicht böse. Er musste einfach neu lernen, dass er trotz seiner Behinderung sich dem Menschen gegenüber respektvoll zu verhalten hatte. Der tägliche Umgang mit Classic Star war anfangs nicht einfach. Dennoch, meine Liebe zu ihm saß tief. Ich verzieh ihm alles. Das auf die Füße treten und Umrennen meiner Person, dass er permanent das Bein drohend nach mir hob, wenn ihm etwas nicht gefiel, ich nahm's gelassen. Das Band, mit dem wir zwei verbunden waren, war von Anfang an erstaunlich stark. Auch wenn mir der trostlose Anblick seiner mickrigen Gestalt immer noch Tränen in die Augen trieb und mich sein rüpelhaftes Verhalten gleichzeitig wütend machte. Man konnte Classic Star nicht böse sein. Viele meiner Freunde sagten anerkennend, dass Classic Star sich unheimlich schnell und äußerst toll entwickelt hätte in meiner Obhut. Gut, sie sahen das Pferd nicht jeden Tag, so wie ich. Mir fielen die Fortschritte einfach nicht mehr so sehr ins Auge. Als Elena aus dem Urlaub heimkehrte, war sie angenehm überrascht, wie toll Classic Star sich in der Zeit ihrer Abwesenheit bereits entwickelt hatte. Ihrer Aussage schenkte ich Glauben. Immerhin kannte sie Classic Star vom ersten Tag an unserer Geschichte und hatte ihn knapp 2 Wochen lang nicht mehr gesehen. Zu dem Zeitpunkt, als Elena aus dem Urlaub kam, war ich bereits sehr glücklich, dass Classic Star endlich „Mein Pferd" war. Glücklich, dass wir zusammen sein durften. Jeden neuen Tag, den ich mit Classic Star erleben durfte, genoss ich als ein Geschenk des Himmels. Dankbarkeit machte sich in mir breit. Ich spürte, das Pferd und ich, wir waren auf einem guten Weg. Es ging bergauf. Classic Star war so dankbar im Grunde seines Herzens. Durch kleine Gesten zeigte er uns das immer wieder.

Als Elena mit ihm spazieren ging, ist das Foto hier entstanden, ich finde, das Bild sagt mehr als tausend Worte:

Oftmals stöberte ich im Internet in Classic Stars alten Fotos aus vergangenen Turnierzeiten und las seine ehemaligen Erfolgsberichte. Welch ein prachtvolles Pferd war er doch zu seinen Zeiten in der Welt der bunten Hindernisstangen gewesen. Ein Profi, ein Spezialist, ein Könner. Endlos lang ist die Reihe der Worte, die seine Qualitäten in vergangenen Zeiten wiederspiegeln und sie beschreiben könnten.

Ein Jammer, was aus dem einstigen Superstar heute geworden ist, wirklich! Manchmal sah ich Classic Star in meinen Tagträumen mit mir im Sattel durch den Parcours *fliegen*. Kein Hindernis war uns zu hoch, niemand hätte uns aufhalten können. Aufhalten auf dem Weg zum Sieg. Wie schön, wenn das Kind im Menschen wieder durchkommt. Träume sind sehr wichtig und man sollte versuchen, sie zu leben. Natürlich erzählte ich Classic Star von meinen Träumen. Fragte ihn, ob er sich vorstellen konnte, mit mir zusammen, wir zwei als die völlig die gehandicapten Chaoten, unterwegs im Springparcours über die Sprünge zu fliegen? In seiner Box saß ich und schälte währenddessen ich ihn fragte, eine Banane. Classic Star liebt Bananen. Ich fragte ihn, ob er mich durch ein A-Springen tragen wollte, irgendwann, wenn es ihm besser ging.

Eine gute Erinnerung lässt uns wieder das Glück spüren... ♥

Statt eine Antwort zu geben, schnappte er sich die Banane aus meiner Hand und verputzte sie mitsamt Schale. Er kaute so genüsslich schmatzend, dass ich mich fragte, ob ihm die Schale bald noch besser schmeckte, als die Frucht selbst. Verrückt dieses Pferd. Er fraß Hustenbonbons, Gummibärchen und Lutscher. Mitsamt Stiel. Das war allerdings ein Versehen. Er klaute den Lutscher meiner Tochter aus ihrer Hand. Meine Tochter machte sich tagelang Sorgen wegen dem Stiel, ob das nicht gefährlich war für Classic Star. Meine Nachbarn und einige Spaziergänger, die Classic Star auf der Koppel und im Stall bei mir daheim erblickten, fragten natürlich, was mit dem Pferd passiert war. Ich wurde bald müde der immer wiederkehrenden Erklärungen und Erzählungen, welch Schicksal dem Pferd widerfahren war. Keine Lust hatte ich mehr auf die mitleidsvollen Sätze wie: „Bring ihn doch zum Schlachter, dann hat er es endlich hinter sich! Was willst du denn mit dem alten Klepper?" Natürlich hatte auch ich überlegt, ob es aus tierschutzrechtlichen Gründen nicht besser gewesen wäre, ihn zu erlösen. In 30 Jahren Pferdeerfahrung war ich mir sicher, Classic Star wollte leben und sein Leben zu beenden, wäre nicht in Ordnung gewesen. Der Zeitpunkt war einfach der falsche und seine Todesstunde noch nicht gekommen. Der Zustand des Pferdes war schlecht und bedenklich, aber er war durch Menschenhand hervorgerufen und nicht, weil das Pferd alt und krank war. Hätte Classic Star die richtige Versorgung bekommen, von Beginn an seiner Rente, er wäre ein prachtvolles Pferd geblieben. Warum sollte ich ein Pferd töten, das durch Menschenhand beinahe gestorben wäre? Wo sollte da bitteschön meine Berechtigung sein?

Musste unsere Geschichte nicht so enden, dass ich Classic Star das Vertrauen in den Menschen zurück gab? War es nicht meine Aufgabe, das, was andere Menschen an dem Pferd verbockt hatten, wiedergutzumachen? Fragen über Fragen...Weitermachen! So lautete meine Devise. Ein harter Kampf. Kopf hoch, es wird sich lohnen, Anais. Meine innere Stimme sprach zuversichtlich. Im Social Network setzte ich Classic Star eine eigene Seite. Errichtete für uns einen Blog. Mit Namen „Sorgenkind". Seine Geschichte wollte ich erzählen. Warum ich sie erzählen wollte? Geteiltes Leid ist bekanntlich halbes Leid! Ich wollte nicht alleine sein mit meiner Wut, der Traurigkeit, den Ängsten, Sorgen und Nöten um das Pferd. Mitteilen wollte ich mich. Angetrieben war ich von der Sehnsucht nach Gleichgesinnten und Pferdeliebhabern, die an Classic Stars Schicksal Anteil nahmen. Menschen , die mich bestärkten, weiterzumachen. Die Entscheidung brannte in mir, sie trieb mich vorwärts. Menschen, die Interesse zeigten, zu verfolgen, wie es weiterging mit uns. Nach Anerkennung sehnte ich mich. Der Kampf um das Pferd ließ mich in meiner eigenen Wahrnehmung oftmals schwächeln. Die Kraft ging mir verloren. Ich war äußerst genervt von all den Leuten, die mir sagten, Anais, erlöse das Pferd, den Classic Star bekommst du nie wieder hin! Ich sehnte mich nach Menschen, die mir Mut zusprachen und Respekt vor dem hatten, was ich bereit war, für Classic Star zu tun. Durch Respekt, Anerkennung und aufmunternde Worte bekam ich die Kraft, um weiterzumachen. Deshalb errichtete ich die Seite bzw. den Blog „Sorgenkind". Es funktionierte! Trost und Zuspruch fand ich. Mehr sogar, als ich jemals erwartet hätte.

Jedoch fand ich all das nicht in meinen engsten Freunden, sondern bei fremden Menschen. Menschen, die zufällig auf unseren Blog aufmerksam wurden. Sie teilten unser Schicksal aufrichtig und mit ehrlichen Worten ermunterten sie mich, weiterzumachen. Liebevolle Nachrichten bekam ich. Die Menschen begleiteten Classic Star und mich auf unserem Weg. Sie fieberten mit uns mit, so schien es mir. Plötzlich fielen Sätze wie, da möchte jemand spenden für das Pferd! Geld für die anstehende Operation dazugeben. Mich unterstützen! Nicht einen Tag hatte ich daran gedacht, für das Leid des Pferdes Geld zu erbetteln. Das war absolut nicht die Mission unserer Internetseite. Sich gegen die Hilfsbereitschaft zu wehren, sie gar auszuschlagen oder abzulehnen, war allerdings fast unmöglich. An manchen Tagen hatte ich Briefumschläge bei mir zuhause im Briefkasten mit Bargeld drin. Auf den beiliegenden Zetteln im Umschlag stand geschrieben: Für das Sorgenkind! Überwältigt war ich. Von der Hilfsbereitschaft fremder Menschen. „Bekannte" im weitesten Sinne, die bereit waren, finanziell etwas für Classic Star und mich zu geben. Meine eigentlichen Freunde, diejenigen, für die ich mir das halbe Leben lang meinen Arsch aufgerissen hatte, für die ich da war, wenn sie mich brauchten, von denen fehlte jede Spur. Nicht einmal ein offenes Ohr oder eine Schulter, an der ich mich hätte ausheulen können, reichten sie mir. Man ignorierte mich schamlos. Keine Anteilnahme, keine lieben Worte, frei nach dem Motto, was geht uns das an, agierten sie! Das Leben ist manchmal verrückt und schwer zu verstehen. Erwarte nichts, dann wirst du auch nicht enttäuscht. Hilfsbereitschaft erachte ich persönlich als eine sehr wichtige Eigenschaft im Leben.

Ich versuche, sie zu pflegen, so gut ich kann. Von dem ignoranten Verhalten meiner Freunde ließ ich mich nicht beirren. Auch wenn sie mich wahrscheinlich belächelten, dass ich einem alten, kranken Gaul auf die Beine helfen wollte. Ich kämpfte weiter. Für Classic Star. Für uns. An jedem neuen Tag, an dem ich glaubte, Classic Star hatte etwas an Gewicht zugenommen, erfreute das mein Herz zutiefst. Unheimlich liebgewonnen hatte ich den Bub derweil. Nicht mehr missen wollte ich ihn. Der Tag seiner Operation rückte näher und schließlich gab es kein Zurück mehr für uns. Entweder, Classic Star würde das überstehen mit der Narkose und der Operation oder ich hatte den Kampf um ein besseres Leben für den Schimmelwallach endgültig verloren. Die Nacht zuvor schlief ich schlecht. Mulmig war mir, Classic Star in die Klinik zu bringen. Immerhin hing mein Herz mittlerweile unheimlich an meinem kranken Vierbeiner. „Meinem Sorgenkind". In den zwei Wochen waren Classic Star und ich uns ein großes Stück nähergekommen. Ebenfalls unserem Ziel, dem Ziel, für Classic Star die Sonne wieder scheinen zu lassen, die ihm ein anderer Mensch genommen hatte. Dem Pferd ging es verhältnismäßig gut. Der Schimmel war munter, hatte an Gewicht zugelegt, aus dem Gröbsten war er zu dem Zeitpunkt bereits heraus. Zum Sterben hatte er keine Zeit. Jeden Tag entdeckte er Neues. Mal waren es Hund „Emma", die Katzen, dann schloss er neue Freundschaften mit anderen Pferden. Classic Star war gut drauf. Er fand zurück ins Leben. Er wurde wieder „wach". Welch eine Freude, ihn so aufblühen zu sehen! Wahrscheinlich hatte ich nur schlecht geschlafen, aus Angst, dass Classic Star die Operation nicht überstehen würde. Das konnte alles passieren, darüber war ich mir im Klaren.

Es war ein großes Risiko. Meinem vierbeinigen Freund Classic Star mutete ich wirklich einiges zu. Aber, hätte ich sein kaputtes Auge so lassen sollen? Natürlich stellte ich mir die Frage. Manchmal wühlten mich meine Sorgen arg auf. Es war schwierig, zwischen meinem Herzen und dem Verstand zu entscheiden. Mein Verstand signalisierte mir deutlich, das Auge musste operiert werden. Mein Herz sprach ängstlicher zu mir: „Hoffentlich geht alles gut, falls nicht, das würdest du niemals verkraften Anais, wenn du Classic Star nicht wiedersiehst, weil dir die Narkose das Pferd nimmt!"

Der Termin in der Klinik stand fest, also würden wir auch hinfahren. Vorher knipste ich schnell einige Bilder von dem Schimmel. Classic Star war frisch gewaschen und eigentlich sah er mittlerweile richtig toll aus. Fast schon hübsch. Der Vergleich, vorher- nachher, auf seinen Fotos, das wurde während der Zeit mit Classic Star beinahe zu einer regelrechten Sucht für mich. Immer wieder wollte ich die Verbesserung seines Zustandes sehen. Eine körperliche Verbesserung von Classic Star erkennen. Indem ich die Bilder miteinander verglich, stellte ich wahrhaftig Fortschritte fest. Ganz deutliche sogar! Das war fantastisch! Meine Tochter saß mit im Auto auf der Fahrt in die Klinik. Mir war nach Heulen zumute an dem Tag. Wenn ich ehrlich bin, hat es nicht einen Tag gegeben, an dem ich nicht geweint habe, geweint hätte oder mir danach gewesen wäre, um dieses Pferd zu weinen. Wie geduldig Classic Star sein Schicksal ertrug. Hänger rauf, wieder runter. Sein Leben musste er komplett neu sortieren. Fremde Menschen um ihn herum. Diese projizierten auf ihn verschiedenste Eindrücke, wie Schmerz, Freud und Leid.

Meine Emotionen, die blieben dem Tier nicht verborgen. Pferde fühlen sehr gut, wie der Mensch sich innerlich fühlt. Ein Pferd kann dich spiegeln. Deine Emotionen überträgst du unweigerlich auf das Tier und es verhält sich dementsprechend. Natürlich war ich oftmals traurig. Meine emotionale Stimmung nahm auf das Verhalten des Pferdes erheblichen Einfluss. Classic Star ist besonders sensibel durch seine Behinderung. Ließ ich den Kopf hängen, aus Verzweiflung, wenn es mal einen Tag nicht vorwärtsging mit uns, tat er dasselbe. War ich fröhlich und zufrieden, spiegelte sich das im Benehmen des Pferdes wieder. An dem Tag, als wir in die Klinik fuhren, war ich beides. Traurig und glücklich. Zusammenreißen musste ich mich. Haltung bewahren. Stark sein. Stark sein für Classic Star, der an dem Tag der Operation wirklich noch einmal einen heftigen Einschnitt seines Lebens zu spüren bekommen sollte. Dem Tag der OP blickte ich im Allgemeinen jedoch als einem positiven Tag in unserer Geschichte entgegen. Alles würde sich zum Guten wenden. Sein Leiden sollte ein Ende haben! Die Vorstellung, welche Schmerzen Classic Star in dem Zustand mit seinem leeren Auge erlitten hatte und wie elendig es ihm all die Monate zuvor ergangen war, bevor ich ihn aus dem Horror befreite, das machte mich doch noch sehr traurig. Meine größte Sorge war, die Operation hätte alles zunichtemachen können, was ich für Classic Star mühevoll aufgebaut hatte. Unser gegenseitiges Vertrauen und seinen körperlich guten Zustand. Wir waren hatten bereits einen verdammt erfolgreichen Weg zurückgelegt, auf den ich sehr stolz war. Durch die Operation hätte es passieren können, dass wir wieder kilometerweit zurück fielen. Die Operation würde Classic Star wieder einiges an seinem bereits mühsam gewonnenen Körpergewicht kosten. ☹ Die Entscheidung der Operation konnte trotz all meiner Bedenken nur eine gute sein. Es würde bergauf gehen. Auch wenn Classic Star mittlerweile 19 Jahre alt war, in miserablem gesundheitlichen Zustand und die bevorstehende Operation für ihn sicherlich kein Kindergeburtstag, so war er ein zäher Kerl. Natürlich fragte ich mich, was verlangte ich der armen geplagten Seele eigentlich alles ab? Angst überkam mich zeitweise. Angst, das Falsche für das Pferd zu tun. Ein Tier zu überfordern. Emotionales hin und her meiner Gedanken spürte ich. Rauf und runter fuhr sie, die Achterbahn meiner Gefühle. Mal spürte ich Freude, dann wieder Leid und deshalb heulte ich einfach zwischendurch, wenn ich nicht weiter wusste. Wenn ich mir den ganzen Mist und Rotz einfach von der Seele weinte. Platz schaffte das in meinem Herzen und danach ging es mir besser. Wo sollte er eigentlich noch hin, mein Kummer? Meine Sorge um das Wohlergehen meines Traumpferdes? Mein Herz war an Gefühlen vollgestopft bis obenhin. Vor wenigen Wochen hätte ich gar keine falsche Entscheidung treffen können, das weiß ich heute. Der Weg, den ich ging, war absolut der richtige. Respekt habe ich vor dem, was ich getan habe. Nämlich, dass ich ein sterbendes Pferd bei mir aufnahm und bereit war, alles für das Tier zu tun, alles, was in meiner Macht stand. Egal, was es kosten sollte! Wenn ich zurückblicke auf das, was ich in Angriff genommen und letztendlich tatsächlich geschafft habe, dann ist das so enorm viel!

Die Liebe...

Wenn du liebst, kannst du eigentlich gar nichts falsch machen! ☺ Und ich liebe Classic Star! Meine Sorge um Classic Star blendete ich auf der Fahrt in die Klinik aus. Wir mussten jetzt einmal noch durch ein tiefes Tal. Das würden wir auch noch schaffen und danach ging es bergauf! Meiner positiven Intuition folgte ich. Während ich mich hinter dem Lenkrad mit existenziellen Fragen eines Pferdes beschäftigte, sagte meine 11 jährige Tochter auf dem Rücksitz plötzlich: „Ich finde das toll", was du für das Pferd tust! Und du darfst auch ruhig traurig sein und weinen, wenn du das möchtest, Anais!" An dem Tag war ich unheimlich stolz auf meine 11 jährige Tochter. Die Blicke der Menschen auf dem Gelände der Tierklinik, als wir eintrafen mit Classic Star, waren film- reif. Nie vergessen werde ich die dummen „Fratzen". War mir das in dem Moment peinlich? Schämte ich mich für den Anblick von Classic Star? Nein! Als wir Classic Star vom Hänger luden, zwischen all den anderen Pferden, die auf dem Parkplatz ein und ausgeladen wurden, zog Classic Star alle Blicke auf sich. Mitleidsvolle Blicke, die Leute tuschelten hinter vorgehaltenen Händen. Sicherlich auch über mich. Wie ich solch ein dünnes Pferd wahrscheinlich füttern würde, fragten sie sich. Falls das Pferd bei mir überhaupt etwas zu Fressen bekam. Nein, es war mir nichts peinlich. Weder die Erscheinung meines Pferdes, noch das vermeintliche „Lästern" über uns. Niemand von ihnen hatte Classic Star bis vor zwei Wochen gesehen. Wäre das so gewesen, sie hätten respektvoll von dem Pferd gesprochen. Classic Star hatte sich unheimlich toll entwickelt, aber das konnten nur die Menschen sehen, die Classic Stars Geschichte von Anfang an miterlebt und verfolgt haben.

Mein eigener Respekt vor Classic Star stieg mit jedem Tag, den ich mit ihm zusammen verbringen durfte. Die Blicke der Menschen auf dem Parkplatz der Tierklinik waren vielleicht auch gar nicht unbedingt „verurteilend" an meine Adresse gerichtet. So habe ich das nicht wirklich empfunden an dem Tag, sondern es war wahrscheinlich deren Schock über den Zustand eines Pferdes, den sie nicht alle Tage zu Gesicht bekamen. Jeder erblickte sofort Classic Stars kaputtes Auge. Dass er rappeldünn und in schlechtem Zustand war, übertrumpfte der Anblick seines ausgelaufenen Auges völlig. Seine gesamte Erscheinung erinnerte an eine Gestalt aus einem Horrorthriller. Die Anästhesistin führte mit mir ein Gespräch über die Risiken der Narkose. Natürlich musste sie mich über mögliche Komplikationen aufklären. Classic Star hatte sie vor unserem Gespräch nicht gesehen. Der war bereits in seine Box von einer Stallhelferin gebracht worden. Ich versuchte ihr den kritischen Zustand des Pferdes nahezubringen. Richtig nachvollziehen, was sie und ihr Operationsteam am nächsten Morgen erwarten würde, konnte sie glaube ich nicht. Den Zustand von Classic Star konnte man auch wirklich schlecht beschreiben. Man musste ihn live gesehen haben. Nachdem die Tierärztin mir die Frage stellte, ob ich eine Narkoseversicherung abschließen wollte und ich das natürlich dankend ablehnte, sagte sie: „Verständlich", in dem von Ihnen geschilderten Zustand des Pferdes würde das wahrscheinlich auch keinen Sinn machen!" Das war wirklich paradox. Eine Narkoseversicherung. Die Anästhesistin merkte schnell, dass ich genügend Ahnung hatte, zu wissen, auf welch riskantes Spiel ich mich einließ, ihr mein Pferd für die Operation einer

Augenentfernung zu überlassen. „Welche Farbe hat sein Halfter? Damit wir Ihnen das richtige am Abholtag wieder mitgeben können!" sagte sie zum Abschied und kritzelte noch irgendetwas in ihre Schreibkladde. „Ich möchte den wundervollen Schimmel lebend wiederhaben nach der Operation, egal welches Halfter er trägt! Das Halfter ist mir völlig egal!" erwiderte ich mit Tränen in den Augen. Niemals vergesse ich seinen Blick, als ich mich von Classic Star an dem Tag in der Klinik verabschiedete. Fragend sah er mich an. Fühlte sich bestimmt von mir abgeschoben und wieder einmal alleingelassen in seinem Leben. Dazu in einer fremden Umgebung. Ich streichelte über seine Nase. „Ich komme wieder mein Freund! Versprochen, halte durch!" Zwei Tage des Wartens lagen hinter mir. Vor und schließlich nach der Operation, bis endlich der erlösende Anruf aus der Klinik kam. Classic Star sei aus der Narkose erwacht, es ginge ihm den Umständen entsprechend gut. Er habe alles erstaunlich gut überstanden und ich könnte ihn schon bald nach Hause holen, informierte mich das Klinikpersonal. Ein kleines Wunder war das für mich. Alles hatte gut geklappt. Wie schön. Fantastisch. Kaum zu glauben! Eine meiner Freundinnen hatte mir zuvor in einem Telefongespräch gesagt: „Classic Star wird die Operation natürlich überleben, Anais! Es würde ja gar keinen Sinn machen, wenn er jetzt sterben müsste. Das passt doch gar nicht zu Eurer Geschichte!" Das hatte sie schön gesagt. Ja, so musste es wohl sein, warum sonst hatte ich vier Jahre lang auf Classic Star warten müssen? Damit ich ihn nach 2 Wochen gleich wieder verlieren sollte? Bestimmt nicht! Das Schicksal ist nicht immer nur ein mieser Verräter. ☺ Mein Gott war ich glücklich über die Nachricht aus der Klinik, dass alles wunderbar geklappt hatte. All die Menschen, die unseren Blog bis dato aufmerksam verfolgt hatten, waren ebenfalls genauso erleichtert, wie ich über die freudige Nachricht. Es gab etliche „Gefällt mir" Angaben, alleine für die Aussage, dass die Operation vom Sorgenkind, alias Classic Star, gut geklappt hatte. Aufregend war er, der Moment, als Classic Star und ich uns nach der Operation wiedersehen sollten. Die Stallhelferin brachte Classic Star zu mir an den Anhängerplatz. In den Stall durfte ich an dem Tag nicht. Ein totes Pferd musste per Entsorgung abgeholt werden. Traurig so etwas, sein geliebtes Tier zu verlieren. Was war ich glücklich, dass ich mein Pferd lebend aus der Klinik in Empfang nehmen durfte. Der Gedanke, dass ich ebenso einen Anruf hätte bekommen können, dass Classic Star aus der Narkose nicht mehr aufgewacht wäre, unvorstellbar! Darüber wollte ich gar nicht weiter nachdenken. Classic Star ließ den Kopf ziemlich hängen, als er neben dem jungen Mädchen zum Anhängerplatz trottete. Er wirkte geknickt. Mitgenommen und niedergeschlagen, mein armer Bub. Es machte mir den Anschein, dass ihm so ziemlich alles egal war, was um ihn herum geschah. Er schien gleichgültig und teilnahmslos. Für einen Moment dachte ich: Der hat wirklich mit allem und seinem Leben gerade zum zweiten Mal abgeschlossen, der gute Classic Star! Wir waren auf unserem gemeinsamen Weg wieder meilenweit zurückgefallen, schien es mir. Sie bitte stark genug, dass du noch einmal die Kraft besitzt, das Pferd wieder aufzubauen, Anais! „Hey!" sagte ich sanft, als mir die Helferin den Führstrick, an dem Classic Star „hing", in meine Hand reichte. In dem Moment, als Classic Star meine Stimme hörte, blickte er plötzlich hellwach auf, spitzte die Ohren und sah mich an.

Sein Blick in dem Moment, als ich ihn ansprach. Es war, als erinnerte er sich und wollte er sagen: „Ja, hey, dich kenne ich doch!" Ich sage Euch, ein Pferd kann durchaus erstaunt und auch erleichtert gucken. Classic Star schien völlig überrascht, mich wiederzusehen. Aber er freute sich, mich zu sehen! Woher sollte das Pferd, nachdem ich es in die Klinik gebracht hatte, wissen, dass es mich bald schon wiedersehen würde? Dass ich herkommen würde, um es abzuholen? Ein zu Herzen gehender Anblick. Emotional völlig fertig, aber unendlich glücklich und erleichtert, plumpste ich erschöpft ins Auto. Classic Star stand auf meinem Anhänger. Alles sah soweit gut aus, wir durften nach Hause fahren. Gott sei Dank! Der Moment unseres Wiedersehens. Die Freude in seinen Augen. Ich hatte sie gesehen. Ein kleines Strahlen glaubte ich in ihnen erkannt zu haben. So gern wollte ich Classic Star die Sonne wiedergeben, die ihm ein anderer Mensch zuvor genommen hatte. Aus meinem anfänglichen Bedürfnis, Classic Star besitzen zu dürfen, war im Laufe unserer gemeinsamen Zeit in nur wenigen Wochen „so vieles" mehr geworden. Classic Star war nicht nur das Pferd, das ich mir immer gewünscht hatte, zu besitzen. Er bedeutete mir so viel mehr. Überwältigt von meinen eigenen Gefühlen war ich. Von der Geschichte mit "Meinem Pferd Classic Star". Unheimlich stolz war ich auf Classic Star! Classic Star hatte trotz aller Widrigkeiten seines schlechten Gesundheitszustandes die Operation hervorragend gemeistert! Welch ein toller Bursche. Ich wusste genau, warum ich das Pferd so sehr mochte und lieb hatte, von Anfang an. Weil er ein großartiges Herz hat, mein Classic Star! Aufrichtig, ehrlich, liebevoll und gutmütig ist er, der Schimmel. Dazu ein echter Kämpfer.

Die Worte der Ärzte hämmerten in meinem Kopf: „Wir haben größten Respekt vor Ihnen", was Sie für dieses Pferd getan haben!" Da durfte man schon etwas wehmütig werden und auch mal (wieder) weinen. Fast die ganze Fahrt auf dem Weg nach Hause weinte ich. Einerseits aus Freude, dass alles gut geklappt hatte, andererseits zu wissen, dass die Operation nur der heiße Tropfen auf dem Stein war. Besser war es, nicht unbedingt daran zu denken, was noch alles vor uns lag in den kommenden Wochen. Ein Pferd in einem derart schlechten, körperlichen Zustand, trug enorme Risiken mit sich, ernsthaft krank zu werden. Mit Entsetzen dachte ich an seine Hufe. Der Leitspruch „Ohne Huf kein Pferd". Classic Star konnte kaum noch laufen mit seinen viel zu kurzen Hufen. Hilfreich wäre es gewesen, jemanden an meiner Seite zu haben, der mir gesagt hätte, dass ich doch bitte mit dem, was ich bereits alles auf die Beine gestellt hatte für Classic Star, endlich mal zufrieden sein sollte! Wir waren auf einem verdammt guten Weg. Steht man in Krisenkonflikten für sich alleine da, verliert man mehr oder weniger die richtige Wahrnehmung der Dinge. „Betriebsblind" könnte man es nennen. Hervorragendes hatte ich geleistet für Classic Star. Das habe ich aber zu keinem Zeitpunkt als solches wahrgenommen.

Zuhause angekommen!

Classic Star der arme Kerl, zitterte am ganzen Körper, als ich die Verladeklappe des Anhängers öffnete. Natürlich war er aufgeregt, weil er gar nicht wusste, wo die Reise dieses Mal wieder für ihn endete. Als er die heimische, ihm bekannte Gegend erkannte, atmete er tief durch, stapfte zufrieden schnaubend in seine Box, senkte den Kopf und mümmelte genüsslich sein Heu. Seine Welt war wieder in Ordnung. Ein Stoßgebet schickte ich zum Himmel. Das lief ja mal wie geschmiert. Eine Woche lang stand Classic Star nach seiner Operation bei mir zuhause im Stall, als ich mich entschied, ihn in den Reitstall umziehen zu lassen.

Eine schwierige Entscheidung. Nur ungern wollte ich das Pferd aus meinen Händen geben. Jedoch tat ich ihm bei mir zuhause auf Dauer einfach keinen Gefallen. Zusehends spürte ich, dass Classic Star eine Aufgabe brauchte. Er fühlte sich unterfordert und langweilte sich. Classic Star war nicht müde von dem anstrengenden Sportleben, das hinter ihm lag. Nein. Ich glaube, das ist er generell nicht, müde. Ein harter Bursche ist er. Ein Kämpfer durch und durch. Wir beide, wir sprechen unsere eigene Sprache, aber eine gemeinsame. Ich denke, dass ich ihn verstehe und dass ich weiß, was er braucht. Was ich ihm zumuten kann, dessen bin ich mir ebenfalls bewusst. Die Intuition kommt aus meinem Herzen. Woher ich das weiß, ist eine gute Frage, aber sie ist damit zu beantworten, das die Zeit, die wir beide miteinander verbracht haben, das Wissen mit sich gebracht hat. Acht Wochen können sehr innig sein und so lange sind wir beide jetzt zusammen. Unsere Geschichte ist hier aber noch lange nicht zu Ende. Zeit muss ins Land ziehen, um sie zu Ende erzählen zu können. Ich selbst weiß nicht einmal, was die Zeit bringen wird und wohin mich die Geschichte „Classic Star" letztendlich führt. Mein Gefühl sagt mir, dass wir zwei noch wundervolle Erlebnisse miteinander teilen werden.

Unsere Geschichte hat einen tieferen Sinn, deren Bedeutung ich noch nicht wirklich verstanden habe. Die Zeit wird Licht in das Dunkle meiner Fragen bringen. Davon bin ich überzeugt. Vielleicht reiten wir beide ja doch eines Tages zusammen durch den Springparcours, wer weiß! Die Wunde um sein Auge herum ist gut verheilt. Natürlich fällt das Gewebe tief ein und er sieht schon ein wenig aus wie ein „Ghostpferd". An den Anblick habe ich mich aber gewöhnt. Classic Star ist frech geworden. Er, mein Pirat. So nenne ich ihn liebevoll. Er hat keine Schmerzen mehr und gut an Gewicht zugenommen. Ordentlich Kraft hat er bekommen und möchte jetzt beschäftigt werden. In dem Reitstall wird er ein wenig geritten. Nur so viel, wie er mitmacht und was er bereit ist, zu geben. An der Hand lässt er sich leider nur schlecht arbeiten. Von links ist es durch die Blindheit unmöglich, ihn zu dirigieren. Er rennt seinen Reiter um, wenn man Pech hat und ein 19 jähriges Pferd noch zu erziehen, sich von rechts alles gefallen zu lassen, ist schwierig. Classic Star muss weiterhin Muskulatur aufbauen. Unbedingt, denn sonst wird er immer weiter an Körpergewicht verlieren und noch schneller altern. Vom weiter „Rumstehen" wird er seine Muskulatur jedenfalls nicht mehr zurückbekommen. Wenn ich ihn einfach auf die Weide stellen würde, was ihn sowieso nicht glücklich macht und ihn auch nie wirklich glücklich gemacht hat, dann würde er ruck zuck altern und seelisch verkümmern. Den richtigen Mittelweg zu treffen, das ist unser Ziel. Ein glückliches Pferd möchte ich. Dann bin auch ich glücklich. Wir, also alle, die mit Classic Star zu tun haben, möchten natürlich wissen, ob der einstige Megaspringer noch einmal wieder springen möchte. Hätte er noch Spaß daran, wieder das zu tun, was er sein Leben lang so gern getan hat? Ihr dürft mir glauben, er hat es gern getan, das Springen. Das war jahrelang sein Job, dafür wurde er geboren und wäre auch dafür gestorben. Wenn die Zeit gekommen ist, probieren wir es vielleicht einmal aus. Ich bin mir sicher, dass ich spüren werde, ob er noch Springen möchte oder nicht. Classic Star wird für den Rest seines Lebens nichts mehr tun müssen, das ihm keine Freude bereitet. Dafür hat er zu viel Leid hinter sich. Er soll glücklich sein dürfen. Bisher hat er toll mitgearbeitet und sich stets bemüht, alles richtig zu machen. Er nimmt es absolut gelassen hin, dass er nur noch mit einem Auge unterwegs ist. Er lässt sich nichts anmerken. Kein Schwanken unter dem Reiter, keine Unsicherheiten. Routiniert ist er, wie eh und je. Ein alter, erfahrener Hase im Geschäft, der auch gern den einen oder anderen Buckler unter dem Sattel macht, das ist Classic Star. Er ist wunderschön. Stolz und erhaben. Classic Star ist glücklich, frei und unbeschwert. Bisher habe ich das Richtige für ihn getan, das weiß ich, wenn ich ihm in sein gesundes Auge blicke. Es glänzt und funkelt. Das Strahlen in seinem Auge ist zurück. Ich gab ihm die Sonne wieder, die ihm ein anderer Mensch genommen hatte. Bei einem Spaziergang vor einigen Tagen, als Classic Star und ich an einer Weide entlang liefen, hat er sofort kehrtgemacht, ganz energisch! Die Weide hatte Ähnlichkeit mit der Weide, auf der er das letzte Jahr sein tristes und trauriges Dasein fristen musste. Dort, wo wir uns kurz vor seinem nahenden Tod begegnet waren. Classic Star koppelt das Bild "Wald und Weide" mit seinen Schmerzen, die er erleiden musste. Mit seiner durchlebten Not. Nicht zum guten Schluss den nahenden Tod, den er erlebt hätte, wenn ich nicht noch in letzter Minute zufällig an den Ort des grausamen Geschehens gekommen wäre. Pferde können sich erinnern, daran glaube ich. Er hat das nicht vergessen, was er erlebt hat.

Das Trauma sitzt tief in ihm drin und durch bestimmte Einflüsse, Reize und Gegebenheiten kommt das negativ Erlebte zurück ins Gedächtnis. Die Zeit wird ihr übriges tun. Damit er vergessen kann. Das Schicksal hat uns beide zusammengeführt. Was zusammengehört im Leben, das findet auch zusammen. Manchmal dauert es seine Zeit. Alles hat seine Zeit im Leben. Ich bin sehr froh, dass Classic Star bei mir ist! Ja, ich bin glücklich. Es ist nicht richtig, zu sagen, dass ich zur falschen Zeit am falschen Ort war. Ich bin zur rechten Zeit am rechten Ort gewesen! Egal wie wir die Geschichte drehen, das Schicksal hat entschieden. Classic Star sollte leben! Weil er einen Menschen, in dem Fall mich, noch sehr glücklich machen kann. Das ist seine Aufgabe, solange er da ist! Bis seine Uhr irgendwann abgelaufen ist, was hoffentlich noch ein paar Jahre dauert. Meine Aufgabe ist dieselbe. Ich habe Classic Star glücklich gemacht, indem ich ihm ein neues Leben geschenkt habe. Instinktiv wird das Pferd spüren, dass es eine große Chance bekommen hat auf seinem letzten Weg. Wir haben uns gegenseitig gefunden und gerettet. Emotional hat mir nichts und niemand mehr gegeben in den letzten Jahren, als dieses Pferd es in unseren gemeinsamen 6 Wochen getan hat. Wie es weitergeht mit uns beiden, werde ich in einem zweiten Teil erzählen und ich hoffe, ihr seid wieder mit dabei. Vor einigen Tagen hatte ich einen großartigen Traum. Classic Star kehre noch einmal zurück in den Springsport. Mit nur einem Auge und mit 20 Jahren. Er gewann ein paar Springen, bis ich ihn aus dem Sport verabschiedete. Eine Verabschiedung, wie bei den großen Supersportlern. Sie werden in den Parcours geführt und dort wird ihnen der Sattel abgenommen! Vor Publikum. Das hätte Classic Star sich so sehr verdient. Nach all dem Erlebten wäre das ein wundervolles Ende unserer Geschichte. Bisher ist es „nur" ein Traum. Dass Classic Star eines Tages wirklich mir gehören sollte, das war bis vor wenigen Wochen auch „nur" ein Traum.

Manchmal werden Träume wahr...

Ich ging Reiten und war glücklich...

Nachwort

Natürlich wird es einen Teil II geben! Vielleicht auch III und IV, ich kann es nicht genau sagen. Eines weiß ich jedoch sicher! Solange Classic Star einen Platz in meinem Leben hat, möchte ich über ihn erzählen. Ich gerate ins Träumen, wenn ich an ihn denke! Er ist wundervoll und einzigartig für mich!

Ich möchte mich bedanken, dass Ihr uns auf unserem Weg begleitet habt! Ich würde mich sehr freuen, wenn Ihr im nächsten Teil wieder mit dabei seid! Habt eine gute Zeit und möget Ihr bitte, mitsamt Euren vierbeinigen Freunden gesund bleiben! Bitte verzeiht mir etwaige Fehler im Buch. Ich bin lediglich eine Hobbyautorin mit Spaß am Schreiben und keine Perfektionistin. Nebenbei finde ich, dass es Geschichten gibt, die einfach erzählt werden sollten, weil sie mitten ins Herz treffen. Auch wenn ich talentfrei bin in meinem Ausdruck und mir Fehler passieren ☺ Ihr könnt mich auf Facebook besuchen unter @Sorgenkind, @Charisma, @Anais C. Miller Autorenseite, @Vergessenes Kind, @Brief an W und @Erotische Literatur Elle Voyage.

Ich freue mich über jedes Like von Euch, über jeden Besuch meiner Seiten, über jede Mitteilung, Anerkennung, Lob aber auch über konstruktive Kritik, damit ich mich weiterentwickeln kann!

Danke!!

Bereits erschienene Bücher

-Vergessenes Kind

-Charisma

-Nicky die wahre Geschichte

-Liebesbrief an Victor

-Brief an W

-Nebelmond

Und andere…